# MA PENSÉE DU JOUR

RECUEIL POUR UN ÉVEIL DE L'ESPRIT ET D'UNE
NOUVELLE VISION

## MR HALL DE BYZANCE

Publication 2019

Edition : Mr HALL DE BYZANCE – Rhône Alpes

Achevé d'imprimer en mai 2019

Dépôt légal : mai 2019

ISBN n° 978-2-9568354-0-0

Mise en page du livre : www.ebook-creation.fr

# TABLE DES MATIÈRES

À LA FEMME DE MA VIE : MA MÈRE

*« Ou est tu mamam !*
*Je me sent si seul, perdu dans cet univers*
*Pour lequel tu m' a couvert à mon enfance.*
*Je ne m' imaginais pas vous voir partir sit tôt avec papa.*
*Ou est tu maman !*
*J' ai peur de cette solitude, je t' en supplie répond moi*
*Car ils arrivent muni de leurs harpons*
*Pour faire de moi leur futur proie.*
*Ou est tu maman !*
*Il me font mal avec leurs harpons planter dans mes entrailles*
*Sans que vous puissiez me protéger comme avant bébé dans vos*
*bras.*
*Je sais maman*
*Maintenant comment toi et papa vous êtes parti loin de moi.*
*J' arrive bientôt vous rejoindre maman et papa.*
*Car au fur à mesure que mes membres s' éparpillent*
*Je sent cette libération porter par les coups de mes tortionnaires*
*Sans leur remercier ils me conduisent indubitablement vers*
*vous. »* WAA

MA PENSEE DU JOUR est pour toi qui prends le temps de m'inviter dans ta demeure, toi qui m'apportes l'hospitalité et me demande des nouvelles sur mes périples et sur le terme de notre voyage autour du monde pour éclairer les consciences et soulager les peurs. Je te remercie et en retour, je te demande, en toute amitié, d'accepter l'offre de ma lumière et de mon amour pour toi sur la vie actuelle. Je te propose, conformément à l'air du temps, de revenir à une nature simple, celle de la quintessence de notre être. Je souhaite partager avec toi les sujets qui t'amènent à photographier la nature de l'esprit des Hommes, à voyager à travers les termes élaborés pour appréhender l'environnement et la vie par-delà sa facticité. Bref ! Une somme d'explications des faits et de leur compréhension, tout en alertant l'ensemble des hommes sur les enjeux de nos actions, car nous sommes à un carrefour dangereux, et l'ignorer peut occasionner un accident irréparable pour l'homme et son environnement. Enfin, pour terminer mon avant-propos, je souhaite tout simplement inter-peller ta conscience sur le nationalisme, le patriotisme et l'hon-neur, en disant que ces notions n'ont jamais apporté des solutions, mais plutôt la souffrance. Elles ont occasionné de nombreux morts pour une cause, peut-être légitime pour ceux qui les portent, alors qu'elle est nulle pour ceux qui les subissent. Elles ne traduisent en rien la cause qu'elles prétendent servir, à part l'ignorance face à la vérité.

1

## LE HASARD N'EXISTE PAS

La nature n'engendre pas dans le désordre. Tout est conçu selon un plan cosmique bien déterminé qui ne laisse pas de place au hasard, car tous les évènements qui agissent sur nous et notre environnement sont le propre de nos actions. La nature est animée par un dessein qui nous dépasse, pour lequel nos actions donnent l'impression d'une impunité. Il est important de connaître les lois naturelles qui régissent le fonctionnement harmonieux de la vie sur terre, qui permet le déroulement des saisons, le renouvellement des générations et de l'écosystème.

Je crois aux vibrations émises par nos actions et notre pensée. Je suis convaincu que ces vibrations sont une force inconsciente que nous émettons sans cesse tous les jours, dont les influences s'entrechoquent pour faire naître d'autres influences beaucoup plus fortes.

La nature est composée de toutes ces vibrations, comme des ondes, qui reviennent, à chaque moment, influencer ceux qui les émettent. L'homme grandira dans la quête du bonheur à chercher la quintessence des lois naturelles, et leur respect, ce qui nous mettra sur le bon chemin.

Les progrès techniques et les innovations sont des distractions, qui n'apportent que des digressions aux vraies réponses et sujets utiles et existentiels de la vie. Et pourtant, l'heure du grand réveil approche pour nous révéler la vraie mission de notre existence et les actions attendues pour les exécuter de notre vivant. Le compte-rendu des différentes missions sera fait face à nos errements et remords.

# COMPRENDRE LA NATURE DES EVENEMENTS POUR FAIRE LE BON CHOIX

L'illustration de mes idées à travers *Ma pensée du jour* naît de ce besoin naturel que j'éprouve à partager ces notions existentielles et actuelles qui fondent nos vies.

Pour un esprit ancré dans la matière, il est difficile de percevoir cette fenêtre ouverte sur le sens de la vie, car la vie, pour les personnes matérialistes, n'a de sens qu'à travers la matière et l'envie de posséder. Et pourtant, cette fenêtre s'ouvre pour tous, à l'approche de la mort, ou pour sortir d'une situation inextricable. A ce moment-là, chacun d'entre nous, se réfère à la croyance d'un bienfaiteur omnipotent.

Rien n'est fondé à part nos propres croyances et nos intérêts personnels face à l'intérêt général, et si une des lois naturelles remet en cause cette notion, nous n'en ferons pas un bon usage. L'homme a tendance à protéger son espace vital et conserver ce qui considère comme étant sa propriété.

Les plus malins de ce monde sont les plus entreprenants, car le fait de capter toute la lumière les transforme en étendards de cette lumière, dont les bénéfices feront leur richesse.

Je t'invite, à travers cette illustration de ce qui est ma vérité, à te montrer les notions existentielles que je développe dans ce manuscrit, afin de t'amener à constater et comprendre le sens des événements pour mieux les orienter et trouver des solutions (d'ensemble) pour construire ou préserver ce qui reste de la nature, afin d'aller vers le vrai progrès ; celui de la compréhension des lois naturelles.

# LE RÊVE

Le monde dans lequel je vis, celui que je perçois par mes sens est illusoire.

La mort n'est que le réveil et la perception d'une nouvelle réalité, donc je ne crains pas la mort, car elle n'existe pas tant que mon rêve demeure.

L'esprit et l'âme vivent perpétuellement de vibrations de la matière dont la réalité temporelle n'est autre chose que mon rêve.

Tout ce qui conditionne ma réalité actuelle, est uniquement ma vision du rêve dans lequel je suis lié à mon environnement, qui influe sur mes actions, sans que je sache que ce rêve m'appartienne et que les autres découlent de mon imaginaire.

L'environnement conditionne ma vie, mes orientations, mon bonheur et mes rêves.

4

# LE RÊVE PAR OPPOSITION A LA MORT

Mon rêve est le fondement de ma réalité et de ma nature propre.

Mon rêve est la nourriture de mon esprit et de l'âme qui matérialise mon quotidien. Ainsi, lorsque je me réveille de mon sommeil, je suis encore endormi dans un autre rêve.

La réalité n'existe que temporellement dans mon rêve, car en réalité, chacun vit son rêve selon l'état de conscience qui l'habite. Certains développent un état de conscience beaucoup plus fort que d'autres.

La force de cet état de conscience est la confiance en son rêve et son désir d'être au sommet de la pyramide.

D'autres rêves se limitent à une vie paisible, simple, avec un état de conscience limité à un besoin physiologique et sécuritaire.

# LE RÊVE ENTRETIENT L'ESPERANCE

**M**on rêve fait partie de ma création. Mon rêve n'a pas de limite. Sauf les limites que j'établis au niveau de mon état de conscience.

Le monde actuel est matérialisé par l'ensemble de mes rêves et ponctué de réveils constants de mon imaginaire.

La voie vers le bonheur consiste à entretenir le rêve tout le temps pour nourrir l'esprit et l'âme.

Le coucher et le lever du soleil de l'Est à l'Ouest symbolisent mon rêve et l'espérance du bonheur que j'aperçois à l'horizon sans pouvoir l'atteindre, car il est trop éloigné de mes aspirations et des possibilités de mon esprit enfermé dans la chair de mon corps.

Cette espérance qui se renouvelle à chaque réveil, me permet de voyager à travers mes rêves, et progresser dans ma quête du bonheur que j'aperçois toujours à l'horizon, comme le coucher du soleil. Cela me conduit à trouver les ressources pour me sortir de mes difficultés et de ma condition de rêveurs.

# LE TEMPS EST UNE EPREUVE QUI NOUS DEFIE

Le temps est une épreuve difficile quand il me livre en pâture face à mes doutes et mes espoirs.

Ma force est de croire en lui et de laisser s'écouler la sève de ses jours qui me maintient perché là-haut dans ses branches, en espérant qu'il se décide à me satisfaire de ses fruits pour me récompenser de ma patience et ma foi en son action et ses vertus, qui parfois sont si dures, et me traînent dans les épreuves comme s'il me lâchait dans la gueule d'un dragon.

Ma foi en lui, ne doit pas me faire douter qu'il soit le temps, car lui seul peut décider à quel moment il peut me sortir de ma condition misérable pour laquelle je paie toutes les erreurs commises. Tout en lui est bon à accepter tant qu'il me garde en vie, l'espoir demeure.

# LE PRESENT EST UNE VUE DE L'ESPRIT ET NOUS APPARTENONS TOUS AU PASSE

Le temps présent est une vue de mon esprit qui traverse l'histoire, car ma vie fait partie du passé. Seule l'histoire demeure dans le temps à travers mes souvenirs et mes écrits ou mes images. Le temps qui s'écoule me ramène toujours vers le passé. C'est la raison pour laquelle la société doit avancer en se référant constamment au passé.

Le passé représente la boussole qui doit me permettre de traverser cette vue de l'esprit, qui est le présent à travers mon action.

Le passé sera toujours là pour me rattraper, lorsque ma mémoire me fera défaut, car je tombe toujours dans les mêmes travers et je répète souvent les mêmes erreurs.

Le passé, à travers le temps, matérialise la vérité. Le passé doit m'éclairer et immortaliser mes actes. Malheureusement mes actions cachées aux autres et tout ce que j'ai inconsciemment enfoui en moi se trouve dévoilé à l'épreuve du temps.

L'histoire, à travers le temps, est la seule vérité.

# LE FUTUR N'A JAMAIS EXISTE

Comme le présent est une vue de l'esprit et que seul mon passé m'appartient, le futur n'existe que dans mon esprit.

Ainsi, la projection que mon esprit se fait d'un avenir proche ou lointain demeure aussi une vue de mon esprit. Cette projection vers le futur traduit simplement le mouvement de ma pensée à voyager hors de ma chair.

Alors, si le passé permet à ma mémoire de reproduire les mêmes choses, le futur doit permettre à ma mémoire d'anticiper les évènements et d'éviter de reproduire toujours les mêmes choses. Seulement, l'attraction qui me lie à la matière considère uniquement ce que mes sens me recommandent à travers les sensations vécues.

Cette contradiction traduit simplement les limites de mon entendement, car mon esprit est disposé à faire les choses alors que ma chair est faible. La paresse qui me gagne m'empêche de croire en autre chose que ce que mon imagination veut me faire comprendre, car mon esprit, lui, est convaincu que seul le passé me guide.

Ainsi, perdu dans mes pensées, je reste cloué au lit, convaincu qu'aucune action qui se déroule dans le présent - pour aller directement dans le passé - ne peut m'aider. Alors, je fais travailler mon esprit et je découvre que tout est figé. Le temps ne se met en marche que lorsque je suis en mouvement, dans le sens des aiguilles de ma montre, car le sens contraire me ramène au passé. Je me rends compte que le présent est aussi éphémère que le vent qui souffle, car l'action représente une juxtaposition des faits passés relatés à travers ma journée. Ainsi, rentré chez moi, je prévois mon futur à travers mon emploi du temps pour organiser mes rendez-vous et évènements des semaines suivantes, car le futur vient demain et le passé le lendemain. Etonnant !

## LE PROGRÈS TECHNIQUE NE FERA JAMAIS LE BONHEUR DE L'HOMME

Le progrès technique est une forme de gourmandise, qui conduit à la boulimie de l'innovation.

Le progrès technique conduit aux changements, à la production et la destruction de la nature dont l'homme tire les ressources pour matérialiser ses inventions. La modernisation de notre mode de vie doit interpeller l'homme par l'homme sur la gestion des ressources naturelles et des progrès technologiques en considérant leurs conséquences.

L'homme peut aussi se demander si ces effets contribuent à son bonheur, tout en sachant que le bonheur est relatif et ne dépend pas de nous. Si le progrès technique permet d'améliorer la santé, le confort, et les besoins de reconnaissance, il ne favorise jamais la joie qui vient de l'intérieur et le plaisir que l'on ressent.

Le bonheur guidé par le progrès technique est addictif comme une drogue, il permet de matérialiser les fantasmes de l'esprit, tout en nous maintenant dans un état d'exaltation à l'intérieur, nous consumant à l'extérieur. C'est dire tout le paradoxe qui entoure notre représentation de la vie moderne devant les avancées technologiques, car notre plaisir est sans limites. Nous sommes souvent obligés d'être comme tout le monde et fiers d'exhiber notre puissance et la possession de toutes les nouveautés dans notre habitation pour nous distinguer. Si cette vision du bonheur est partagée par de nombreuses personnes, le monde doit craindre le pire, car les possibilités de bonheur sont illimitées par des innovations.

## PROGRES TECHNIQUE ET ECOLOGIE PEUVENT-ILS S'ASSOCIER ?

Les intellectuels sensibles à la cause écologique dénoncent les conséquences de la destruction de la couche d'ozone, sans pour autant dénoncer les investissements toujours importants pour financer les avancées de la technologie. Il est question d'associer l'avancée technique à l'écologie pour en faire un progrès écologique à travers le recyclage, par exemple.

Le progrès technologique n'a d'autres formes que ce qui le caractérise, et, comme explicité dans le précédent chapitre, il conduit l'homme inéluctablement, vers sa perte.

C'est ingénieux d'utiliser une drogue pour en faire un sédatif afin de soulager un mal intérieur, tout en sachant que les effets attendus de ce sédatif, peuvent conduire à des maux, encore plus virulents pour le malade.

Cette image décrit à peu près l'idée du progrès de la technologie et de sa contrepartie négative. C'est un peu comme le mercure qui ne perd pas ses propriétés ni sa force de destruction pour se reproduire.

Le progrès est l'exploitation de la nature par l'homme.

Tout comme l'homme est sorti de l'environnement naturel pour atteindre le degré de perfectionnement que l'on connait, les inventions du progrès technique naissant de l'esprit de l'homme, prendront, un jour, le pouvoir. On peut même imaginer, que suivant le processus de la chaîne alimentaire, les inventions nées du progrès technique se nourriront de l'esprit des hommes pour les exploiter à leur tour, car les machines accumulent des puissances pour s'autogérer, et les limites de l'entendement humain ne lui seront plus d'utilité ; ils voudront les dépasser.

## LE MEPRIS

Malheureusement, le déni du mépris est le propre de toute intelligence humaine, qui croit détenir la vérité, en asservissant les esprits ankylosés par des années de servitude intellectuelle suggérée par les maîtres de la connaissance qui s'appuient sur les outils de propagande, qui font l'actualité et la nature de ce monde.

La fiction est légitime, car toutes les avancées technologiques ont été l'œuvre de fiction. Rien n'est vraiment complexe, dans ce monde, sauf ce que l'homme rend complexe, en refusant de voir la vérité sous ses pieds ou de projeter son regard au loin pour la chercher.

Certains scientifiques ont tendance à développer des conclusions mathématiques pour arriver toujours aux mêmes causes : convaincu par les théorèmes et axiomes développés, afin de se rassurer des résultats de leur ignorance, et croire aux gribouillages des vertus de la science.

En vérité je vous le dis ; la nature est simple à travers ces lois que nous ne respectons pas. Combien de temps l'homme va-t-il continuer à mépriser la nature et ses lois qui nous entourent et dont nous faisons partie ? Combien de morts et de catastrophes naturelles faudra-t-il pour que les responsables des peuples modernes, grands pollueurs devant l'éternel, soient sensibles à cette cause ?

Les populations doivent prendre conscience que lorsque la nature se réveillera pour exprimer sa colère, elles en subiront les conséquences.

De pauvres innocents qui vivent sur les parties du globe qui manquent de moyens considérables pour faire face à ces évènements malheureux seront balayés.

La pollution, qui n'a pas de frontière, fait subir à ces populations démunies et fragilisées par un écosystème déjà appauvri, par l'exploitation des ressources et matières premières, par des grandes entreprises des pays industrialisés se rajoute chaque jour à la déliquescence de leurs espaces naturels de vie.

# LES INTERÊTS PLUS FORTS QUE LE BON SENS

Ainsi, les crises peuvent perdurer et les guerres arranger un groupe, mais notre cynisme risque de nous emporter vers le chaos, si nous ne changeons pas la nature de nos besoins. C'est pour cette raison que je vous fais don, en 2019, de mon idée de créer les conditions d'un capitalisme généreux, comme un esprit généreux peut apporter la bonne nouvelle pour éclairer l'égoïsme destructeur.

L'erreur du capitalisme est de croire que l'argent concentré dans les mains d'une poignée d'individus, est redistribué au bénéfice des classes moyennes par la contrepartie du travail, rémunéré pour leur contribution à la richesse de la société.

Malheureusement, cela ne fonctionne pas ainsi à cause du mépris qui est le propre de l'homme à travers ses lois humaines. Il me semble que l'enrichissement illimité ne doit plus être considéré comme une qualité, mais comme un cancer qui gangrène le reste du monde, né de l'esprit de corruption qui a toujours habité ceux qui ont reçu l'approbation aveugle du peuple.

Or, les riches utilisent leur richesse au nom de leurs intérêts et non celui du peuple, car une part des bénéfices du travail des actifs sert à la solidarité nationale à travers les taxes et impôts, et ceux des bénéfices des riches sont capitalisés à titre privé pour en faire de petits intérêts cachés, cela même en déduction de l'effort qui est aussi demandé par eux, qui dans la proportionnalité des cotisations imposées reste injuste. Aussi, ma solution est-elle de faire en sorte que les bénéfices et impôts soient distribués et divisés à la proportionnelle à part égale.

13

# LE METIER DE JOURNALISTE S'EST TRANSFORME EN COMMERAGE

La vraie information qui consiste à informer n'existe plus. L'information n'échappe pas au marché, car l'information qui marche est celle qui se vend le mieux et rapporte financièrement ; peu importe la manière et les conséquences : les ragots et les rumeurs.

La manière dont les médias jettent en pâture des personnes dans les bras de la vindicte populaire m'interpelle. Il y a également d'autres cellules d'information ou de désinformation, créées par les politiques pour régler leurs comptes sur la place publique, servies par les médias et sites indépendants d'information. Les médias alimentés par l'information au quotidien, avec des chaînes télés, radios et journaux, sont une aliénation de l'esprit et une manipulation de l'opinion publique, qui traduit les faits de l'actualité à ses intérêts.

Rappelons que l'actualité est faite pour être relatée sans être décrite et commentée. On nous abreuve, chaque jour, chaque heure et à longueur de journée, d'actualités et de faits divers, commentés par des éditorialistes et journalistes comme une diffusion sportive dans les moindres détails, pour détourner notre attention des problèmes et difficultés du quotidien de la vie, qui méritent plus d'intérêt.

La moralité pour nos braves journalistes qui travaillent correctement et suivent le programme des chefs de rédaction, est qu'ils restent guidés par la conservation des intérêts, ce qui n'exclut pas leur responsabilité de relayer ces informations. Ma tristesse est grande de savoir que nos médias n'ont plus la fonction éducative pour amener le citoyen à être un modèle vis-à-vis de son prochain. Les médias pourraient modéliser des vertus positives de réussite, de bonheur et de sécurité, pour en faire des valeurs cardinales de la vie en société. Au lieu de cela, ils relaient, au quotidien, dans l'esprit des natures fragilisées par les atrocités, les malheurs et les misères d'un monde en perdition et mal éduqué, dans le seul objectif de faire de l'audience et de l'attractivité ou du buzz pour générer des millions de vues, et pour récolter les retombées financières aux yeux de la misère du monde. Ainsi va la vie chaque jour !

# LE METIER DE LA DESINFORMATION

L'outil internet n'échappe pas au ravage de la désinformation à travers les "fakes news" et les vidéos sur YouTube, qui affolent l'entendement humain et nous rendent victimes ou imbéciles.

Nous sommes induits chaque jour par ces psychotropes qui agissent sur notre conscience par suggestion et nous détruit toute distinction entre le vrai et le faux. N'importe qui peut dire n'importe quoi sur sa chaîne, favorisé par la vulgarisation de l'information sur le web. Cette situation m'interpelle beaucoup plus que celle des médias officiels qui se spécialisent en commérage. La situation est encore plus compliquée alors que les réseaux sociaux sont devenus des outils puissants de communication pour les esprits mal intentionnés, qui endoctrinent les esprits faibles et créent la confusion dans les équilibres démocratiques pour voir dissoudre des principes qui menacent leur survie, victimes de leur propre incohérence de liberté.

Les régimes totalitaires utilisent les progrès techniques pour s'armer et faire perdurer la confusion et la peur dans le monde pour continuer à exister. Nous sommes dans un combat permanent entre des idéologies de pensées qui ne sont pas favorables à une stabilité pérenne de nos institutions.

Des moyens incommensurables sont en dotation pour la course à celui qui aura la plus grosse puissance armée pour anéantir l'autre ou l'asservir. Mais ce ne sont pas les populations qui trinquent lors des gros contrats alloués pour des intérêts dissimulés par des prête-noms comme intermédiaires pour leurs mandats de décideurs. Une vraie économie florissante qui ne risque pas de mettre un terme aux guerres fratricides sur des continents « bon marché », riches en ressources naturelles, mais étrangement pauvres en ressources industrielles. Encore une fois, ainsi va la vie pour les plus incrédules, qui préfèrent s'armer plutôt que nourrir leur population.

# QUEL SENS DONNER A LA LIBERTE ?

Il est important de savoir si la vraie information existe, indépendamment des intérêts financiers, car la presse de la désinformation a pris le dessus sur la presse de l'information, victime, une fois de plus, de son succès et de l'incongruité de ses sources, dont le seul but est de vendre ou faire de l'audimat à des fins financières, sans se préoccuper de la manière ou des conséquences, qui alimentent la confusion dans les esprits et dressent les populations entre elles et les nations entre elles.

La liberté d'information a tendance à se mordre la queue, en devenant otage de ses propres principes, car les idéologues ont tendance à croire que la vérité d'aujourd'hui reste inscrite au fronton des vérités pérennes. Non ! Aucune vérité n'est immuable et chaque vérité correspond à sa nature propre, aux lois naturelles, à la vérité de l'air du temps, qui correspond au temps présent et non passé ou futur, qui traduisent leurs propres vérités en temps opportun.

Les médias, ces nouveaux pourfendeurs de la cité moderne, avec les éditorialistes – ces nouveaux seigneurs au solde de leurs mandants – empereurs – anticipent sur des décisions qui relèvent du pouvoir judiciaire, exécutif et législatif, afin de décider de la mort ou de la vie de nombreuses personnes, jetées en pâture dans l'arène des fauves aux rumeurs.

Je pense que les médias, comme les banques, assurances et d'autres secteurs dépassent le cadre légal de leurs prérogatives. La presse de ne doit pas se substituer aux autres pouvoirs. Elle doit rester dans son rôle de neutralité, celui d'informer sans prendre de position indirecte ou directe, même si chaque information se décuple en plusieurs tendances, comme celle de l'investigation. Pour moi ces notions ne s'apparentent plus à l'information ni au métier de journaliste.

16

# HOMMAGE AUX MORTS VICTIME DU TSUNAMI EN INDONESIE

*Ma pensée du jour va aux enfants d'Indonésie, en ce jour de Noël qui est pour eux, et à toutes les personnes qui ont perdu la vie face au tsunami.*

Alors que je rédige mes pensées devant ma télévision qui diffuse en continu l'information monopolisante des « gilets jaunes », je suis sidéré qu'un tel évènement ne - celui du tsunami - trouve pas autant de compassion et d'écho dans le monde. Surtout pour la violence et le nombre de personnes décimées, une fois de plus, par un phénomène climatique liée à la nature dont ils subissent le courroux qui ne choisit pas ses cibles.

Le reste de nos préoccupations quotidiennes n'est que balivernes. Lorsque l'on vit dans un système qui utilise les enfants et en fait des objets de surenchère du plus offrant, dans la situation actuelle des familles recomposés, les cadeaux apportés par le Père Noël pour les enfants sont une habitude mondaine, qui selon moi, est une aberration de l'esprit pour rendre nécessiteux les enfants. Cette pratique crée dans l'esprit des enfants une mauvaise habitude. Qu'adviendra-t-il du Père Noël lorsque vous n'aurez plus les moyens de faire des cadeaux ? Un ressenti d'injustice se créera dans l'esprit fragilisé de votre enfant, et par la suite, naîtra dans son état de conscience, un affront qui risque de le transformer en nécessiteux dans la jungle de notre société, qui ne laisse pas de place aux cadeaux de Noël à l'âge adulte.

Triste Noël pour ces enfants indonésiens et tous ceux qui, à travers le monde, dans des situations de crise et de guerre, n'ont pas les mêmes chances, car ils sont frappés par des actions et décisions des politiques et des intérêts privés de grands groupes. Ces mêmes personnes qui ne sont pas prêtes à conduire leurs enfants aux fronts, mais qui prennent des décisions qui engagent la vie des enfants des autres. Ces mêmes qui ne croient pas au dérèglement climatique, car ce sont des disciples d'une œuvre sombre. La vie est ainsi faite, et il ne peut en être autrement lorsque nous sommes passifs devant des leaders d'un monde en déclin, qui accomplissent les œuvres sataniques de leur maître, car le bâton nous guette et nous tire inexorablement vers un destin peu rêveur pour nos enfants.

# L'AGORA DE PENSEE LIBRE OUVERT A TOUS POUR DEBATTRE ET FAIRE DES PROPOSITIONS

En tant que libres-penseurs et libres citoyens, nous devons voir le monde comme il se présente, mais non comme nous voulons le voir.

Les plus grands technocrates spécialisés dans le domaine de l'économie veulent nous faire croire, de Keynes à Hayek que cette discipline est une science exacte, en fonction de la philosophie que l'on soutient. Je pense, personnellement, que l'économie, comme la politique, doit pouvoir s'adapter à l'air du temps et prendre en considération les souffrances des populations. Je pense que trop de réglementations tuent l'économie à travers l'intervention des Etats.

Je pense aussi que trop de déréglementations conduisent à l'individualisme et concentrent toute la richesse dans les mêmes mains. C'est dire que rien n'est figé. Tout est en perpétuel mouvement et le système économique n'échappe pas aux cycles. Il me semble donc, que le plus important est de ne pas s'attarder sur le déficit et la dette publique, mais de prendre en considération les dépenses, car toutes les politiques d'austérité ont

contribué à jeter les populations dans les bras d'idéologies nationalistes marxistes et réfractaires, fondées sur la haine et le rejet
d'autrui, comme la source de ses malheurs.

N'étant pas maître de la pensée ni de la vérité, je propose la création d'une agora ouverte à tous pour débattre sur nos problèmes,
afin que les intellectuels, les scientifiques et les penseurs libres
confrontent leurs opinions pour qu'émergent des suggestions qui
pourraient être reprises par des politiques de toutes obédiences
qui s'accorderaient sur les intérêts qui vont au-delà de leurs
partis et qui prendraient en compte l'intérêt du peuple. Ce serait
une initiative qui pourrait les réunir, une opportunité pour faire
taire les inimitiés partisanes et faire de ces difficultés des opportunités pour apporter toujours des solutions au peuple. Car les
solutions existent pour ceux qui veulent voir.

# LA POLITIQUE DU CHAOS : TOUJOURS UNE AUBAINE POUR LES AFFAIRES DES CAPITALISTES

Les idéologies politiques contemporaines ont toujours été à la solde du capitalisme libéral, comme son bras armé, pour défendre ses intérêts. Toutes ces guerres, ces crises économiques, et les dirigeants actuels dont les peuples se dotent, ne sont pas dus au hasard. L'influence des grands médias et de leurs maîtres à penser éditorialistes, qui relaient ces informations, au nom de la liberté de presse, peut nous laisser songeurs. Tout est pensé pour mettre en place les recettes d'un menu explosif et continuer à jouer sur la peur du chaos, car le capitalisme se fonde sur la philosophie de la destruction pour reconstruire son capital et faire prospérer son bénéfice, pour faire perdurer ses intérêts.

Un mixage des tendances économiques doit pouvoir prendre en considération les réalités que vivent les populations, et rabattre les cartes de la redistribution pour faire en sorte que le marché reprenne son activité économique, sans pour autant envisager le chaos, la guerre et la spéculation des produits de première nécessité, comme des instruments d'enrichissement.

Les solutions existent pour ceux qui veulent voir et ne sentent pas leurs intérêts menacés et n'ont pas la folie de la conservation des prestiges. Notre intérêt commun à vivre ensemble doit pouvoir faire appel au bon sens et à l'intérêt général, car nul ne trouvera le bonheur, la joie, la sécurité et la paix autour d'une oasis de pauvreté, même en se barricadant autour des murailles de frontières les plus solides avec une armée déterminée et aux ordres.

Le poids de toute cette misère finira toujours par vous faire plier et vous écraser, si vous êtes convaincu que rien ne peut vous arriver et que cela n'arrive qu'aux autres.

Votre pensée risque de vous rattraper au mauvais moment.

# MA SOLUTION UTOPIQUE POUR UNE RELANCE DE L'ECONOMIE MONDIALE

Les Banques centrales représentent la caverne d'Ali Baba et les Banques commerciales l'énigme des quarante voleurs. Trouvons le trésor caché et vidons la caverne. Cela suppose de supprimer la dette des Etats, et que ces mêmes Etats, suppriment les dettes et créances de toutes les populations dont les revenus moyens sont inférieurs aux charges liées aux frais d'habitation et d'alimentation. Il est anormal de demander à ces populations de payer des impôts et taxes sur leurs maigres revenus pour participer à l'effort national.

La compensation doit venir des plus riches et des institutions financières centrales, plutôt que de refinancer les banques commerciales pour des intérêts privés. Les Banques centrales doivent directement financer, à titre exceptionnel, les Etats membres, pour stimuler la consommation et maîtriser la déflation sur les marchés pour favoriser l'emploi et l'investissement des petites entreprises.

La politique doit pouvoir répondre aux nouvelles exigences et ramener ses représentants dans la cité et non au panthéon d'une assemblée représentative.

A l'ère d'internet on peut prévoir la fin de la législature de l'Assemblée nationale et du Sénat par des collèges restreints de sages, qui se composeraient de membres conciliants des partis politiques, d'intellectuels, de scientifiques et de penseurs libres. Ce comité de sages pourrait statuer sur ce qui se dégage des Assemblés constituantes, organes animés par les Maires pour être au plus proche du peuple. Enfin, il faudrait que ces propositions soient soumises au comité des sages pour sa faisabilité, sans entraver le cadre du Parlement européen, et qu'il soit soumis par référendum populaire sur le site dédié. Que chaque électeur pourrait faire valoir sa voix en entrant son numéro de carte d'électeur et de carte d'identité préenregistrées dans le serveur donnant droit à une seule voix à voter.

# L'INSTITUTION BANCAIRE N'EXISTE PLUS

Les institutions bancaires commises, ont une activité multi sectorielle. Elles ne rendent plus de services. Elles font du racket aux portefeuilles des classes moyennes avec des taux exorbitants et prélèvements indécents. Je considère que les pouvoirs publics ont trop laissé faire certaines institutions qui abusent du monopole que leur confère l'Etat pour peser sur les décisions liées à la vie des populations et de leur pouvoir d'achat. Ce cynisme ne peut plus être toléré par des peuples de plus en plus révoltés par la situation explosive qui se prépare dans l'ensemble du monde. Cet état de fait qui tend à se servir du monopole de l'appareil d'Etat pour porter à la charge des citoyens le train de vie des personnalités publiques doit s'arrêter.

L'information étant généralement ouverte sur l'internet, la démocratie permet de donner directement la parole au peuple sur des propositions recueillies par le comité des sages et des résolutions sorties par l'assemblée constituante rurale et soumises à l'approbation définitive du conseil économique et social qui se compose proportionnellement des trois partis des candidats arrivés en tête de la présidentielle votés au suffrage universel direct. Ces dispositions limiteront les financements des partis politiques, par adhésion, dons, et activité professionnelle de certains leaders. Les maires auront, dans cette nouvelle constitution, un rôle important et les avantages des députés actuels. Les présidents des régions, président un conseil d'Etat dirigé par le président de la République lorsque les décisions engagent les Régions avec l'appui de l'Etat. Ensuite, il faut prévoir une réunion nationale pour avis consultatif de l'ensemble des partis politiques, des corps intermédiaires de la nation, des PME, TPE, Syndicats, c'est-à-dire les symboles représentatifs de la nation, les membres institutionnels qui ont la parole, et enfin, le Président pour donner son message à la nation sur les décisions et propositions validées après ces consultations.

# L'ACCUMULATION DES RICHESSES EST UNE HONTE

Il faut arrêter la surenchère sur l'accumulation des milliards pour les dirigeants d'entreprises prospères, et arrêter de considérer l'excès de richesses comme une vertu. Tout au contraire, je suis d'avis que c'est une Honte pour la société, car l'accumulation des richesses personnelles, aussi importante, à partir d'un seuil, ne doit plus être considérée comme un mérite, mais comme un cancer qui gangrène le reste du monde. Si les gouvernements ne prennent pas en compte cette considération, ils seront mis au banc des accusés par leur peuple et considérés injustement, comme les suppôts de l'enrichissement et responsables d'appauvrir les classes moyennes, par un système de challenge incessant.

Il faut fixer un seuil de richesse par rapport à l'indice de rentabilité d'une entreprise, tout en faisant en sorte que le reste soit réinjecté dans l'entreprise en provision des charges, et baisser l'indice des prix à la consommation. L'exprimer, ce n'est pas faire une offense à la créativité, car la création et le mérite ne doivent plus avoir pour indice la valeur le capital que l'on génère par son ingéniosité ou sa capacité à manager une entreprise et la rendre prospère et efficace pour en tirer tous les bénéfices.

Le mérite doit se mesurer, aussi, à la compassion et la reconnaissance de tous ces hommes et femmes qui travaillent à matérialiser l'ingéniosité de ces concepteurs.

# LE BON SENS DU CAPITALISME : UNE CHANCE POUR LA PAIX

Il faut faire preuve de bons sens aujourd'hui, car ce capitalisme exacerbé a atteint son paroxysme, en propulsant le marketing au cœur de la production pour accroître la richesse de l'entreprise et favoriser une consommation extrême tout en alimentant les publicitaires et les sponsors.

Il est urgent de revoir le mode de distribution des richesses créées afin que ce barème, qui limite le seuil de richesse, incite les dirigeants d'entreprises prospères, à prendre de bonnes décisions dans un meilleur intérêt que celui de poursuivre une course inutile à l'enrichissement qui n'a plus de sens. De ce fait, les stratégies de vente seront raisonnables et adaptées à la demande, sans rentrer dans la surenchère. Les solutions existent sauf pour ceux qui n'en veulent pas.

Il faut penser à une nouvelle forme d'économie solidaire, de participation financière qui permettra aux uns et aux autres de compter sur des ingéniosités comme la mienne pour faire avancer de grandes causes.

Ce projet, s'il prend forme, aura la force d'aller vers le législateur pour faire des propositions d'idées pour accueillir des capitaux de riches contributeurs pour des causes associatives, comme la mienne, sous l'autorité des marchés financiers, car les banques institutionnelles ont déchiré le pacte qui leur a été confié dans le cadre de leurs activités liées aux crédits. Elles ne prêtent qu'aux plus offrants et ont une activité multisectorielle, en concurrence avec leurs propres clients, alors qu'elles sont censées protéger leur argent.

# NOUS FORMONS UN TOUT

Nous appartenons à un tout, à un seul monde, à un seul univers, dans lequel nous sommes tous reliés.

La vraie intelligence est de prendre en considération cet intérêt et non ceux, partisans, qui mènent vers des considérations personnelles liées à notre orgueil et notre incrédulité. OUI, je l'affirme Haut et fort les Hommes sont animés par l'instinct de Bêtise qui caractérise son genre animal.

Cela peut choquer et pourtant c'est une vérité. Tout équilibre de gouvernement ou d'initiative populaire doit considérer le principe du tout. Par exemple, et à titre de comparaison, le corps humain repose sur deux jambes et deux bras pour être en équilibre ; la nature propre de toute action intelligente est de s'appuyer sur cet équilibre pour gouverner. Chaque fois qu'une partie du corps prend le dessus sur l'autre, nous assistons à une déformation ou malformation. Si nous ne sortons pas de cette logique personnelle du « moi d'abord et les autres après », nous périrons tous à bord du navire sous les flots des tempêtes, lorsque se

produira le déluge, car nous serons trop divisés pour faire tenir le
gouvernail.

# 24

# LA MALICE : UN DES FLEAUX DE L'ESPRIT

En vérité tout est simple, rien n'est compliqué et les solutions sont visibles, sauf pour les aveugles. Malheureusement, ce qui caractérise l'homme est la malice et la ruse. Cette malice et cette ruse font de l'homme un être intelligent avec son corollaire de guerres, de crises économiques, de richesses insolentes. Cela bien souvent au détriment de millions d'autres personnes qui représentent des chiffres aux yeux des puissants de ce monde.

Toute notre vie repose sur les avancées technologiques dérisoires qui sont le reflet d'une science sans conscience qui crée des vocations techniques pour cacher la vérité aux plus incrédules, qui privatise, par malice, un bien naturel, et ainsi de suite... Tout ça pour ça, dirais-je pour ne pas m'éterniser sur l'incongruité des recherches des Hommes, qui vont toujours vers des besoins secondaires inutiles, alors que la nature nous a déjà tout donnés, nous recherchons toujours mieux, pour faire quoi ?

Ouvre ton esprit ! Toi qui me lis, et sache que la voie de la vérité est en toi si tu décides d'ouvrir, aussi, ton cœur, car l'inspiration

dont tu fais preuve ne t'appartient pas, et tu ne peux pas t'en enorgueillir. Elle est l'œuvre du principe créateur qui fait passer son
message au travers de ta personne. Seule l'humilité t'affranchira
et te permettra d'entrer dans cette nouvelle dimension que je te
fais découvrir à travers, aussi, ce principe qui m'inspire pour te
porter la bonne nouvelle. Cette nouvelle pour toi, ta famille et
tous ceux qui te sont chers, est d'acheter ce livre et de l'offrir
comme un passeport. Car en vérité, à travers toutes les vanités
des vies que nous avons traversées, il est maintenant venu le
temps pour toi de chercher à cultiver l'esprit des lois naturelles
par les actes positifs de ta vie de chaque jour. Car chaque jour tu
émets des vibrations qui se compteront, et te donneront des ailes
pour monter vers les cieux, auprès des anges. Car l'objet de notre
vie est de ne pas s'attarder sur cette voûte terrestre, encrée dans
la matière et la souffrance et les fléaux naturels dévastateurs de
la malice humaine.

# 25

# POUR UNE NOUVELLE CONSTITUTION ET LA FIN DES PRIVILEGES D'ETAT

La démocratie doit être repensée (comme démontré dans les chapitres précédents), non à travers la constitution actuelle, mais avec une nouvelle constitution. A cela, doit s'ajouter de grands bouleversements pour mettre fin aux privilèges de l'Etat, de leurs représentants et des prérogatives et avantages accordés aux Hauts fonctionnaires dont les salaires doivent être diminués. Il faut, aussi, abolir l'Assemblée nationale et le Sénat, mettre fin à la professionnalisation de la politique et revoir la part de l'Etat dans le financement des partis politiques dont la prise en charge doit se limiter aux trois premiers partis qui ont obtenu le plus de voix au suffrage. L'action politique doit être récompensée pour chaque mission.

Evidemment, ils ne seront plus trop nombreux à briguer les postes d'élus, et s'ils le deviennent, ils auraient le mérite d'être des hommes d'affaires.

La France a toujours été, pour le monde moderne, un exemple de lumière pour les grandes idées qui marquent les générations. Ainsi le mouvement des gilets jaunes confirme encore son avance à se régénérer face aux autres démocraties, à travers un débat citoyen initié par le gouvernement Edouard Philippe. Cela aura le mérite de faire ressortir de « vrais républicains », car il est important de donner un nouveau message aux démocraties modernes, et il est important que la voix du peuple ne soit plus ignorée dans notre ère moderne.

Nous devons faire face au danger climatique qui met en péril notre civilisation. Il ne faut plus être dans une démarche de préservation de la nature et des ressources naturelles. Il nous faut nous réinventer comme l'homme a toujours eu cette capacité à s'adapter.

L'écologie doit être inscrite dans la nouvelle constitution comme un gage de collaboration à travailler avec les nations membres du conseil Européen, qui doivent adopter, aussi, des réformes au sein de leur pays pour faire de l'Europe un exemple de nation de l'écologie moderne.

# 26

# POUR UNE REMUNERATION DES POUVOIRS PUBLICS EN CONCORDANCE AVEC LES DECISIONS

Il faut revoir la rémunération des pouvoirs publics tout en sachant que les collaborateurs administratifs et conseillers qui tiennent l'édifice, voient une petite minoration de leur salaire autours de 20 %, comme le taux de la TVA, afin que l'alignement de ces rémunérations puisse au niveau être harmonisée avec celle du peuple.

Il faut faire en sorte que le salaire des hauts fonctionnaires soit revu, au même titre que le taux de rémunération indiquée. Voici, en partie, comment dégager au niveau des lignes budgétaires de l'argent pour équilibrer les comptes de l'Etat.

Il faut ensuite, réduire, voire supprimer pour certains, les avantages liés à la fonction. Comme quoi, les solutions sont présentes, mais le cynisme des politiques qui considèrent les citoyens comme des vaches à lait, les fait aussi se cacher derrière les institutions démocratiques.

La crise des gilets jaunes, comme elle est vécue en ce moment, est un vrai signal d'alerte pour que les politiques comprennent que les méthodes féodales sont révolues. La classe politique doit comprendre que briguer un poste d'Etat ou public, ce n'est plus un privilège mais une corvée au service des citoyens. C'est aussi un grand honneur de servir la nation, comme l'armée la sert sur les champs de bataille au nom de la liberté.

Cette situation révolutionnaire serait considérée, à juste titre, comme un réajustement face aux injustices commises depuis des années, par une nouvelle représentation, qui dans les faits n'en est pas actuellement.

Malgré l'incohérence du jeu démocratique qui oppose les partis pour des intérêts du genre « ôte-toi de là que je m'y mette », cette mascarade de l'empoignade devant les caméramans de télés est une supercherie !

# 27

# INCOHERENCE ENTRE LES CITOYENS ET LEURS REPRESENTANTS

On assiste à une dichotomie entre le peuple et ceux qui sont censés les représenter, tout simplement, parce qu'ils sont dans le même monde, même s'ils ne vivent pas de la même manière.

En réalité, les élus du peuple sont soumis à l'influence des organisations politiques qu'ils incarnent. Ils n'ont pas un droit de désobéissance, pour affirmer auprès de la représentation nationale, les avis de la majorité de leurs concitoyens.

On sait aussi que les organisations politiques sont inféodées par des lobbies de grandes entreprises privées. En vérité, le pouvoir représentatif ne dure, uniquement, que le jour des élections. On peut changer les organisations, changer les hommes, les idées politiques, mais si on ne change pas le moteur et la carcasse de la voiture, elle continuera à rouler comme avant. C'est une des raisons pour lesquelles, les recommandations que je fais dans ce manuscrit, sont une porte parmi l'ensemble des portes que j'ouvre ; sur la nouvelle constitution, le fonds de solidarité, une nouvelle république, l'abolition des privilèges de l'Etat, et l'inscription de l'écologie dans la constitution, entre autres idées à découvrir dans les prochains chapitres – qui manifestement sont inspirés par une des lois naturelles, qui m'oblige selon la kabbale, à en parler.

Je suis triste de voir le monde dans lequel vivaient les générations qui nous ont précédées. Elles n'étaient pas autant enrichies matériellement, mais riches dans le ressenti qui les habitait, fortes d'une relation avec la nature qu'elles respectaient sans la défier, qu'elles contemplaient, simplement, pour ses vertus qui étaient exceptionnelles à l'origine lorsqu'elles les découvraient sans chercher en savoir plus, tout en la remerciant pour sa présence auprès de tous à travers les symboles.

# 28

# LA MONDIALISATION : UN OUTIL MAL PENSE

Les hommes, aux temps anciens, avaient cette capacité de voir et d'entendre ce qui se passait dans le monde invisible, pour accomplir des actes ingénieux, des représentations magnifiques, des déductions mathématiques sans avoir des outils de mesure actuels. L'inspiration des grandes découvertes qui ouvrent les portes aux observations scientifiques sur les grands progrès techniques en est la preuve. Cependant, aucune imagination ne les a poussés à aller plus loin et plus haut jusqu'à se couper de l'invisible pour épouser la matière.

Ainsi, pour arriver au terme de ce chapitre, je veux dire que le libéralisme est un outil mal pensé par les gouvernements qui l'ont mis en place pour les avantages, sans avoir anticipé les revers. La globalisation de l'économie mondialiste est un outil pensé pour les entreprises du CAC 40, par leurs gouvernements respectifs, qui ont vu un intérêt dans les avantages, en ignorant les répercussions de ces intérêts, sur leur propre économie. Ils ne savent plus, maintenant, comment la dompter, à l'échelle locale d'une économie contagieuse.

Ces mêmes gouvernements qui font sabler le champagne à une minorité, qui génère des milliards pour la richesse nationale au profit des économies des pays sous-développés, conduisent dans l'errance, le chemin de l'exode et la misère, la majorité des personnes qui peine à se nourrir.

Cela vient confirmer ma pensée que « les vibrations que nous émettons reviennent en temps opportun nous influencer, car le hasard n'existe pas ».

La morale économique fait que toutes les nations n'évoluent pas selon les mêmes règles du jeu, qui sont propres à chaque pays, pour favoriser des échanges harmonieux. Dans ce contexte, il y aura toujours, des crises économiques qui naissent du déséquilibre de la répartition des richesses, des besoins et des progrès techniques, qui s'appuient sur la valeur « travail » et « mérite » pour justifier cette politique.

Alors perdurons ad vitam aeternam les crises économiques ! Ainsi, pour nous soulager de nos errances, festoyons aux carrefours des ronds-points, pour soulager nos errements, devant la duperie songeuse de ceux qui mènent la barque de notre destin, avant que le ciel ne nous tombe dessus.

Il faut arrêter de pousser l'investissement sur les hautes technologies, orientées uniquement dans le domaine de la santé et du bien-être, qui demande plus de rendement, donc plus de profit. Qui dit profit, dit accès à une main-d'œuvre à bas prix et à une délocalisation d'une partie de ces services.

J'ai, à travers ce projet de société, la volonté d'aider l'activité de proximité et de favoriser une nouvelle culture d'entreprise. Je n'en dis pas plus.

# 29

# LES RICHESSES INEGALEMENT REPARTIES

Le déséquilibre des richesses fragilise les économies locales, et entraîne des plans sociaux. C'est un peu comme un effet boule de neige, qui peut conduire à une situation conflictuelle entraînant le chaos, car lorsque les richesses sont inégalement réparties, sur un principe favorisé par un système institutionnel, qui ne donne pas la possibilité d'un jeu équitable, la majorité qui subit ce préjudice, peut user de son pouvoir, pour contraindre le système devenu totalitariste.

Si l'espoir fait vivre, ces peuples qui subissent les revers de la mondialisation n'en ont plus.

Les peuples sont malades de leurs dirigeants. Ils n'ont plus de boussole, et sont trompés par des idées nationalistes. Ces sentiments d'abandon sont dangereux pour l'ensemble des nations indépendantes et pour l'équilibre du monde après tant de décennies de guerre. L'homme n'a toujours pas retenu les leçons du passé, qui pourtant restent réelles et actuelles dans notre configuration du temps, car le présent et le passé sont une vue de l'esprit.

L'homme est un être amnésique qui manque de mémoire. En faisant confiance à ces vendeurs de rêves, cela prouve, parfois, que le peuple n'a pas souvent raison, car il est instrumentalisé, comme hypnotisé.

L'inconscient collectif peut se suicider dans l'océan de l'horreur, comme l'a fait le peuple allemand avec la propagande nazie initiée par le dictateur Hitler, dont les émules se font échos à travers les nouveaux pouvoirs totalitaires, jusque dans certaines démocraties modernes.

Les hommes se sont adaptés à l'air du temps pour plaire aux peuples déboussolés par des castes qui se sont arrogé le pouvoir et défendent leur propre intérêt plutôt que celui du peuple.

# CREER LE MODELE ECONOMIQUE DU FUTUR

Le modèle économique du futur doit s'orienter vers la technologie du service, à travers des fonctionnalités intelligentes, qui vont donner du pouvoir d'achat aux classes moyennes en perte de revenus, et favoriser l'écologie. Cela aura pour effet d'inverser la courbe de la mondialisation, vers une tendance qui relance l'activité locale.

Plutôt que d'investir de manière insensée dans des hautes technologies, un peu comme dans des gadgets pour s'en enorgueillir, il est important de retrouver des besoins primaires, pour remettre l'humain au cœur du moteur économique.

A quoi cela sert-il de se retrouver sur toute une série d'innovations et de progrès technologiques si cela apporte au plus grand nombre d'hommes leur lot de désolation, de tristesse et pauvreté ? En effet, comme signalé dans les précédents chapitres, la concentration des capitaux dans les mains d'une poignée d'hommes, et mal repartis à travers le globe, est un cancer pour la société.

Je ne jette pas un pavé dans l'escarcelle des riches. Je veux simplement leur dire qu'ils ne doivent en tirer aucune fierté ni satisfaction.

Pour un grand entrepreneur, comme un grand homme d'Etat, le mérite doit se juger sur l'impact que son action apporte comme joie, bonheur et mérite aux autres. Ainsi, ils seront heureux que lorsque les autres le seront.

Faites-moi confiance, vous en tirerez, à votre tour, une satisfaction indicible, que même toute cette richesse et cette notoriété réunies ne pourront vous apporter sur le plan moral et personnel, de voir autour de soi tant de bonheur partagé et d'admiration et bénédiction.

## A L'ECOUTE DU PEUPLE

Être jamais si fort, à revenir, à de bonnes résolutions.

C'est être insensé que de vouloir le bonheur d'une personne contre son gré. La nature de la démocratie donne raison au peuple qui a son destin entre ses mains. Ecouter le peuple ; c'est répondre à chacun des citoyens. Favoriser des conseils pour recevoir les doléances une par une, et répondre positivement aux problèmes, c'est respecter son peuple, non en parole, mais en acte.

Nous savons tous que la parole disparaît alors que les actes restent. Les citoyens attendent de leurs dirigeants ou représentants qu'ils tiennent compte de leurs aspirations et de leurs propositions, même farfelues, qui méritent une attention particulière et une réponse. C'est par cet engagement que le politique, qui descend de son panthéon, doit pouvoir prêter attention à une part importante aux difficultés que vivent les citoyens.

Les hommes ne veulent pas être cantonnés dans des instituts de sondage, d'opinion, de statistique économique avec des chiffres qui parlent de croissance dont ils ne sentent pas, dans leurs porte-feuilles, les retombées au quotidien, ni dans leur panier d'achat.

Les difficultés, elles, connaissent la croissance chaque jour, entre les taxes, les impôts et les amendes de stationnement, sans compter les huissiers et les banques qui sonnent le glas, lors-qu'un compte est bloqué, pour rajouter des taxes en débit, comme autant de preuves de leur mépris pour les personnes en difficulté, fortes de l'appui de la machine de l'Etat qui achèvera les personnes en les jetant à la rue.

Les organismes sociaux étant juste là pour servir de vitrine et pour appuyer les mensonges des hommes politiques incapables de trouver des solutions à ces personnes dont les aides publiques ne veulent pas. Tels sont les raisonnements des politiques qui sont les chantres de la droiture. Mais pas pour eux.

# LA COLERE EST UN MAL RAVAGEUR

Une petite colère est une colère, illégitime soit-elle, elle mérite attention, car elle laisse des traces imparables.

Un petit bien n'est pas encore du bien, alors, si tu veux faire du bien, fais-le bien, sans attendre de reconnaissance, car ta reconnaissance viendra inconsciemment d'une autre personne qui te le rendra au centuple.

Il faut faire de cette maxime un médicament contre la colère et ne pas succomber au mal que cela engendre, même si tout est fait pour sa manifestation. Il est important de se dire que la raison l'emporte toujours sur la passion. Ainsi le mal de la colère ne te ravagera pas comme une maladie destructrice.

# L'ESCLAVAGE : UN ESPRIT TOUJOURS VIVANT

L'ESCLAVAGE N'A PAS DISPARU quand bien même on s'imagine l'avoir éradiqué, comme un MUTANT, il change de forme et sévit. Aujourd'hui, il a été identifié dans la sphère du TRAVAIL sous le champ du SOUVERAIN et la colère de ses SUJETS. Pendant que les OPPOSANTS au souverain prédisent sa chute et souhaitent voir la situation se détériorer.

Tout comme des enfants qui se déchirent autour de la sépulture du défunt sur un héritage, sans s'entendre sur le déroulement des funérailles, lorsque les sujets expriment leur COLERE dans un bateau qui tangue, le message d'un ESPRIT ECLAIRE est de donner les recommandations au CAPITAINE du bateau.

## LE POUVOIR ET LA GLOIRE ASSOURDISSENT L'ESPRIT QUI NE SAIT PAS SE DETACHER

Il faut éviter que le bateau ne se retourne sous la force du vent et de la MANIFESTATION de la colère de ses sujets, qui ne veulent plus continuer à faire les SACRIFICES pour faire avancer le bateau. Si le capitaine n'entend pas les ordres du peuple souverain et se dit maître du bateau et reste perché en haut de son MÂT, et que, ce même souverain, ne COMPREND PAS la colère de ses sujets, indubitablement, la colère va affecter le POUVOIR du souverain et sa CHUTE.

Dans ce cas, l'ORDRE régalien sera maintenu par l'armée après un coup d'Etat.

Le mal n'a pas de visage lorsqu'il décide de frapper. Ainsi commence le début d'une nouvelle ère beaucoup plus rude, car l'esclavage s'est muté en une DICTACTURE. Dans ce nouvel esclavagisme, les citoyens sont beaucoup plus SOUMIS par la force et la violence. Mais j'ai ma SOLUTION pour le souverain s'il veut bien m'entendre, car inconsciemment, l'exercice du pouvoir et le pouvoir lui-même déconnectent leurs auteurs des vraies réalités du monde.

# L'EGOÏSME OU LE RADINISME EST UNE MALADIE

La société est malade parce que les intérêts personnels passent avant toutes conditions morales.

Le manque d'éducation est le fléau qui frappe les nations décimées par les guerres et fragilise l'équilibre du monde. Je ne cache pas mon scepticisme face à l'avenir de nos enfants, car nous revenons progressivement à l'état de jungle.

La société, à travers la cellule familiale, a perdu le sens des valeurs. L'Etat martèle le fouet, plutôt que de réparer les causes de cette défection familiale. Le fossé se creuse entre riches et pauvres. Les nations se replient sur elles-mêmes. Les divisions sont de plus en plus probantes à travers le rejet des couleurs de peaux différentes. La moralité, c'est qu'il n'est jamais trop tard pour parfaire l'éducation d'un enfant ; en l'aidant à chercher la clef de son épanouissement, car il y va de l'avenir de la société, ainsi que de l'équilibre du monde.

L'égoïsme ou le radinisme sont une maladie de l'esprit, qui peut, dans certains cas, conduire la personne dans une forme de paranoïa liée à la théorie du complot. Ces personnes atteintes sont dans un état de solitude, car hanté par la peur de connaître la misère. Ainsi, chaque fois que leur capital s'accroît et bat des records, ils éprouvent un soulagement intérieur. Mais cette situation représente, en réalité, un enfer pour eux, de ne pas pouvoir jouir du capital et des bénéfices. Pourquoi ? Tout simplement parce qu'ils sont possédés par l'esprit du capital. Ce sont eux qui causent, par leur maladie, la défaillance de l'esprit du capitalisme, qui doit circuler comme une énergie positive.

Force est de constater que le capital est le sang du circuit économique. Pour cette raison, il ne doit pas être bloqué dans un coffre, sinon, nous assistons à des crises économiques dans d'autres parties du globe mal alimentées par ce flux qui se fait rare. C'est tout simplement une ignominie. Aidons les patients à guérir !

## ACCEPTER SA CONDITION POUR UNE VIE MEILLEURE DANS L'ESPRIT

Atteindre l'objet de son désir, ce n'est pas une fin en soi. Le plus dur est de l'accepter, et ne pas s'y préparer, c'est ouvrir la porte au déni et à l'improvisation - sans compter tous les maux qui conduisent à la paranoïa liée à une notoriété.

Il important de s'abreuver de vrais conseils, et non de conseils fallacieux.

Il est aussi important de regarder dans le rétroviseur pour mieux avancer.

Mes mots peuvent être considérés comme une devise ; une sonnette d'alarme pour ne pas se laisser dévorer par les prédateurs, tapis dans l'ombre et qui mènent le bal et s'arrogent tout le butin.

Accepter sa condition pour une vie meilleure peut paraître une abjection dans ce monde plein de désirs où l'on est prêts à tuer son prochain pour gagner beaucoup d'argent - et ne pas savoir quoi en faire ! C'est le cas de certains jeunes des quartiers défavorisés, qui n'ont plus de repères, éduqués en France par des parents qui ont émigré pour trouver du travail et n'ont pas pu s'adapter.

La République leur a fermé les portes avec leurs enfants qui sont en manque de repères. Certains n'ont pas la force de se surpasser comme d'autres peuvent le faire par leur action dans différents domaines comme le sport ou la musique. Ces jeunes-là ont su ennoblir les noms de leurs parents à travers leurs actions, les autres préfèrent s'adonner aux trafics de stupéfiants ou de malversations diverses à travers des réseaux de grands banditismes et sont fiers d'être les terreurs de ces quartiers pris en otage. Ces groupuscules d'indésirables font avancer la cause des racistes réfractaires à l'intégration des étrangers.

Les politiques ont leur part de responsabilité dans la fragilisation des esprits déjà malades de leur condition. Si la politique c'est « diviser pour mieux régner », alors, la maxime est bien respectée !

# LE NATIONALISME : LE BRAS ARME DU CAPITALISME

Que les citoyens du monde ne s'y trompent pas, les oiseaux de mauvaise augure sont de retour. Nous savons que les évènements sont cycliques. La mémoire doit nous revenir à travers les sombres évènements de l'histoire du monde.

Toutes ces politiques nationalistes sont les conséquences des politiques précédentes de repli sur soi et de chacun pour soi. Ce sont des politiques de la peur qui ont pour seul programme politique « la peur ». Cette stratégie leur permet d'asseoir leur autorité et l'émergence de nouvelles castes mafieuses et de propagande pour confiner les esprits.

Les nationalismes comme la radicalisation des extrémistes religieux sont dotés d'armes de destruction impressionnante pour conquérir des territoires, semer la mort et la confusion, et déstabiliser des Etats. Cette « politique » reste l'une des inventions liée au sadisme des pyromanes capitalistes de notre ère, qui entretiennent l'énigme d'un groupuscule qui lutte pour imposer une charia ou une conversion à la religion d'autres peuples par la force.

La vérité est que nous avons affaire à une mafia guidée par des stratagèmes de l'hypnose et des maîtres à penser du sophisme religieux pour endoctriner les esprits et les utiliser comme chair à canon, pour arriver à leurs fins et favoriser le commerce des ventes d'armes et spolier, en toute impunité, des richesses tout en favoriser un juteux commerce économique informel de la peur.

# LA LUMIERE : UN DON A DISCERNER

L a lumière qui nous éclaire est un don du ciel, mais il est important de ne pas se laisser éblouir par sa clarté, tout en discernant celui qui porte la lumière pour lui, et celui qui porte la lumière aux autres.

J'aime bien cette introduction du terme à aborder, car il fait référence à la mythologie grecque à travers Prométhée qui est principalement connu pour le vol du feu (le feu sacré de l'Olympe), qu'il restitue aux humains, entraînant la colère de Zeus. Cette lumière de la connaissance apportée, depuis la mythologie grecque, aux détenteurs du savoir et aux cercles fermés, qui symbolisent la puissance de la connaissance - cachée par certains, est le début du processus qui conduit l'homme vers les progrès techniques qui vont l'affranchir des considérations et des symboles établis depuis les temps anciens, pour l'avertir de ses limites et des choix pour l'émancipation de son esprit qui lui permettra de s'élever vers l'être suprême.

Cependant, cette considération se traduit, une fois de plus, par l'instrumentalisation de la malice au bénéfice d'un groupuscule caché dans l'ombre qui tire les ficelles de ce monde. Ce feu, amené aux hommes, est le début de son incapacité à accepter les lois naturelles comme un dogme sacré à ne pas enfreindre. Il incarne l'esprit rebelle de l'homme doté de l'intelligence de ce feu sacré apporté par Prométhée. Il incarne, aussi, ses limites à l'approche de notre ère, et traduit la méfiance de la clarté de sa lumière.

Le feu volé constitue, déjà, un délit qui nous condamne tous, à travers toutes nos connaissances matérialisées par toutes ces innovations, qui nous conduisent toujours à aller plus loin dans notre exploration de la connaissance de la matière, en oubliant l'essentiel de la réalisation personnelle pour atteindre la plénitude de son être.

N'oublions pas que le ressenti vient d'abord de l'intérieur.

# L'AFRIQUE TOUJOURS A LA REMORQUE

La solidarité doit prendre le pas sur l'égoïsme de certaines personnes. Je dis « honte » aux responsables politiques africains, qui regardent, impassibles, une partie de la jeunesse qui ne trouve plus d'espoir dans leur propre pays et préfère « se jeter à la mer » en tentant l'aventure à leur risque et péril.

Honte aux politiques africaines qui restent toujours à la remorque du monde occidental, en ne prenant pas des initiatives pour favoriser l'avenir de la jeune génération, mais qui la sacrifient comme un fétichisme qui représente les bonnes mœurs Africaines.

Le continent africain doit pouvoir prendre son destin en main, en ne tombant pas dans le jeu des divisions, qui consiste à utiliser les politiques claniques et tribalistes. On ne gouverne pas un Etat dans sa modernité, en étant souverain, au bénéfice d'une région ou d'une ethnie. La politique africaine doit pouvoir prendre en compte ses mœurs et traditions pour en faire un exemple de démocratie moderne, qui serait basée sur la générosité, le sens de l'accueil et la solidarité.

Il ne doit plus exister, en Afrique, des hommes politiques pater-
nalistes qui confondent l'Etat avec leur personne. Cette tradition
mal copiée de l'asservissement du monde occidental, pour le
soumettre à son peuple est une honte.

# FAVORISER UNE NOUVELLE AFRIQUE QUI CROIT A SES VALEURS ET SES FORCES

L'Afrique doit arrêter de se victimiser vis-à-vis du monde occidental et de ses mécanismes capitalistes qui favorisent les divisions pour empêcher son indépendance économique et technologique. Le monde occidental en a conscience, malgré les politiques d'immigration qui tendent à faire des Africains ou autres peuples de pays en difficulté, des parasites et des utilisateurs de leurs privilèges, voire de leur identité.

Que sera toute cette technologie, sans les ressources naturelles africaines ? Aucune production technologique ne saurait matérialiser ce développement qui peut attirer des envies légitimes d'une vie meilleure dans les régions gagnées par l'utilisation exagérée des ressources naturelles, en soudoyant une classe dirigeante africaine, aux ordres de leurs intérêts égoïstes avant ceux de leur peuple. La vraie indépendance des Africains doit venir d'une nouvelle vue de l'esprit considérant que leur développement, ne viendra pas de l'attachement de ceux qui détiennent la technologie et qui ne sont pas prêts à la dévoiler ni la vendre.

L'Afrique a les moyens intellectuels grâce aux avancées de l'intelligence artificielle et à d'autres avancées technologiques, de faire naître ses propres technologies pour moderniser l'activité de l'économie informelle, structurer les entreprises, favoriser la créativité et garder sa jeunesse.

# LA POLITIQUE POUR SERVIR ET NON SE SERVIR

De mon point de vue, je pense qu'il faut légiférer pour contraindre les hommes politiques à ne plus bénéficier de leurs avantages liés à leur ancien statut de président de la République, député, ministre, etc.

Cela leur permettrait d'entreprendre des activités pour leur compte ou pour le compte de grandes entreprises dans le privé lorsqu'ils n'ont plus aucun mandat législatif ou responsabilité publique.

Il est aussi possible de leur ouvrir les portes de la fonction publique et de l'administration pour continuer à exercer une activité professionnelle.

La politique doit être un sacerdoce à vie où l'individu politique doit prêter un serment à la fonction publique et l'administration publique, lorsqu'il dispose d'un mandat direct ou indirect du peuple. Evidemment, dans ce cas, il n'y en aurait pas beaucoup qui se précipiteraient pour frapper à la porte du temple.

Malheureusement, le combat pour accéder au pouvoir politique est un jeu de dupes, qui sert à se présenter devant l'aumônier pour bénéficier de ces largesses et servir un autre maître.

92

# L'HOMME POLITIQUE EST UN FELIN

L'impôt et les taxes, sous lesquels sont écrasées les personnes aux faibles revenus et au pouvoir d'achat faible, sont une forme d'injustice, qui fait payer au peuple, les reliquats de la mauvaise gestion des deniers publics.

Oui Monsieur ! Vous ne pouvez plus bénéficier du beurre et de l'argent du beurre.

Il faut savoir que l'homme politique, sans être la pire des espèces – quelle que soit son orientation idéologique ; si tant est qu'il en existe une, défend, au départ, sa propre cause avant celle des autres.

Il est habité par un instinct égoïste qui se traduit en cynisme à l'égard des populations et de la fonction qu'il prétend défendre.

La montée du populisme des extrémistes de droite comme de gauche est une preuve probante des mécanismes créés pour punir ce même peuple ou le prendre en otage, car l'homme politique est un animal félin, qui sait se montrer convaincant et donner l'impression d'être à l'écoute. Il est simplement à l'écoute de ses propres intérêts, quitte à mentir au peuple pour se faire élire.

# LA MODE A TOUJOURS EXISTE

Les modes musicales, artistiques et autres, en fonction des mœurs et cultures, n'ont pas de frontière et se retrouvent dans tous les continents. Cette relativité de la mode a toujours existé, quelles que soient les évolutions et les tendances, rien n'a changé, juste leur interprétation, en fonction des idées prises ici et là pour en faire des chefs-d'œuvre ou des modèles. La nature et l'environnement, aussi, ont leurs modes à travers les couleurs, les odeurs, les images et les formes de toutes les espèces vivantes sur la planète.

La mode est à la base de la créativité. La nature, dès sa création, est animée par plusieurs modèles d'espèces vivantes qui s'éparpillent sur tous les continents à travers les couleurs et les formes de vie variées. C'est ainsi que nous retrouvons dans chaque continent des couleurs, des mœurs et une vie communautaire totalement différente les unes des autres, en fonction des lieux de vie.

Je trouve que c'est l'un des plus beaux héritages vivant que nous conservons de la nature et qui nous reste au cours de toutes ces évolutions.

Ces différents modes de vie, qui se retrouvent souvent dans les grandes capitales du monde, prouvent que le mélange des genres et des cultures participe à recréer d'autres mélanges et cultures qui favorisent les évolutions des mentalités, des mœurs et le métissage de notre monde. Malheureusement, cette richesse vient troubler la quiétude des conservateurs réfractaires, qui voient dans les changements un danger permanent pouvant porter atteinte à leur propre culture et de leur identité. Ce n'est pas faux, mais ils doivent prendre conscience des évolutions depuis l'ère ancienne ; que rien n'est figé et tout est en perpétuel mouvement. C'est logique que le monde change et mute sans oublier le passé qui reste ancré en chacun de nous.

## L'AGE EST-IL IMPORTANT COMME MOYEN DE SEGMENTATION DES CLASSES D'AGE ?

J e n'ai pas pour habitude de fêter l'année de naissance, mais le jour de naissance qui, pour moi, est sacré et détermine le numéro du train d'arrivée, comme celui du train de départ, au décès.

C'est l'obsession de la mort à l'horizon et la peur de vieillir qui empêchent l'esprit de s'immortaliser et de fonctionner normalement. La vie n'a pas de limite. C'est l'homme qui conditionne sa vie et ses propres limites, ainsi que son destin. Alors de grâce, qu'il ne l'impose pas aux autres, comme étant une preuve de sa pathologie ! Si la segmentation de la durée de la vie permet de classer les gens selon un système de « génération », il n'empêche que l'âge, en Occident, représente une vraie phobie pour le décompte de sa vie et le temps imparti pour la retraite.

Je trouve que c'est une vraie aberration que de considérer la vie ou la mort comme une obsession, voire une phobie de vieillir. La vieillesse du corps est un processus inévitable dont nous ne pouvons limiter les effets. Le plus important est de ne pas y prêter attention, car l'esprit et l'âme demeurent éternels et intemporels, car pour en arriver là, nous avons inconsciemment connu toutes les périodes, et traversé bien de remous et de nouveaux départs.

Heureusement que nous ne nous rappelons pas les conditions de nos différentes morts !

Si la nature n'était pas aussi bien faite pour effacer tous les passages de vies précédentes, nous en porterions les stigmates et les traumatismes. Nous assistons, de temps à autre, à des réminiscences de vies passées, qui, lorsqu'elles remontent, ne nous laissent pas indifférents aux personnes et lieux dont l'impression du déjà vu nous trouble.

Sans compter les rêves dans nos sommeils qui les prouvent.

# ENTREPRENDRE POUR LA SOCIETE

Nous devons penser une nouvelle forme d'économie solidaire de participation financière qui permet de compter sur des ingéniosités, comme la mienne, pour faire avancer de grandes causes, liées au pouvoir d'achat et aux moyens alloués aux petites entreprises de proximité pour trouver les ressources financières en cas de besoin.

Un projet qui, s'il prend forme, aura la force d'aller vers le législateur qui pourra faire des propositions de loi pour accueillir des capitaux de riches contributeurs pour des causes associatives, comme la mienne par exemple, sous l'autorité des marchés financiers, afin de créer un Fonds de solidarité, combiné à une application mobile qui pilotera mon projet destiné à financer rapidement les personnes en difficulté, pour un événement malheureux ou heureux.

Je garde en tête ce procédé, en attendant les moyens de pouvoir le matérialiser pour le bonheur de toutes ces personnes qui survivent chaque jour et ne trouvent aucun service à travers les banques pour résoudre les difficultés de la vie liées à l'obtention du flux du capital.

J'ai, aussi, un projet d'entreprise pour lequel je souhaite ; réduire le coût de la vie et relever les niveaux de vie, régler les différends et réduire les tensions commerciales, stimuler la croissance économique et l'emploi, réduire le coût de l'activité commerciale au niveau international. Ce projet permettra aussi d'encourager la bonne gouvernance, d'aider les pays à se développer, de donner aux faibles les moyens de se faire entendre, d'agir en faveur de l'environnement et de la santé, de contribuer à la paix et à la stabilité, et enfin, d'être efficace sans faire la une des journaux.

Voici les dix piliers sur lesquels se base mon action en faveur des entreprises pour de la création de valeurs, si j'arrive à capter la manne du capital pour entreprendre et favoriser un nouveau commerce basé sur l'équité.

# LE CAPITAL EST UN ESPRIT DONT DEPEND L'UTILISATION QUI EN EST FAITE

Le capital est une force obscure, dont l'action nous gouverne et organise au quotidien notre agenda, comme des robots. Le capital ne nous laisse aucun repos, car nous travaillons pour lui.

Et pourtant ! Nous le critiquons, le détestons, mais avons besoin de son souffle pour matérialiser des idées, des objectifs et entrevoir les changements de ce monde.

La seule difficulté, c'est que ce capital reste dans les mains de ceux qui le possèdent et en font un usage personnel, en ignorant son essence et l'intérêt du flux mystique qu'il représente, et pour lequel nous devons le faire circuler en une énergie positive, comme la sève de notre sang qui alimente l'ensemble du corps en oxygène grâce aux veines et artères.

Le capital n'est pas fait pour être concentré ou capitalisé ; l'argent ne doit pas être considéré comme une source de richesse, mais plutôt comme un esprit, qui échappe tôt ou tard à celui qui pense le détenir, comme un bien propre.

Les idées matérialisées, grâce à l'argent, nous appartiennent, mais les moyens que l'argent met en œuvre pour matérialiser nos idées sont un accès et non une propriété. La propriété est à la base de la conservation du capital, comme étant le début de la construction d'un château qui ne sert qu'à une poignée de personnes qui y habitent, avec tous les fastes inutiles qui portent atteinte à l'accès.

Si l'économie participative et solidaire est une véritable avancée, il n'empêche que l'idée enrichie toujours ceux qui détiennent le concept. Il faut donc espérer que de tels concepts soient fondés sur le modèle associatif à but non lucratif, qui appartient à tous, pour éviter les dérives capitalistes des idées.

# LE CAPITAL : UN DON DE L'ESPRIT UTILISE A DES FINS PERSONNELLES

Lorsque l'homme aura compris la valeur et le sens à donner à l'argent, ce sera la fin des crises économiques, des guerres, de la pauvreté et de toutes les souffrances pour lesquels l'inintelligence de l'homme, qui détient la connaissance, privatise les bénéfices, par malice.

L'ignorance des lois naturelles, nous pousse, parfois, par méconnaissance, à être portés vers des intérêts qui ne nous appartiennent pas, en vérité.

Rien ne nous appartient sur cette terre. Nous avons simplement droit à un accès à toutes les propriétés naturelles d'un environnement bien équilibré et de ses ressources climatiques. Les plus grands économistes, même à travers leurs études, n'ont pas vu le sens premier de cet esprit du capital argent. Comme quoi, les choses les plus simples sont les plus difficiles à percevoir quand elles se trouvent sous notre nez.

Je suis convaincu que certains chercheurs en économie, pourront, en lisant ce recueil, élaborer de nouvelles théories pour comprendre l'esprit du capital argent - pour son utilité et son efficacité dans l'économie virtuelle, comme ils le font, si bien, en bourse avec des instruments financiers qu'ils créent pour que certains s'enrichissent au détriment de l'ensemble des contributeurs. Ils peuvent aussi me demander conseil.

Ma rétribution sera reversée dans une cagnotte et distribuée en financement facile d'accès à hauteur de 1 % d'intérêt de crédit et un TEG fixe de 1 % pour faire vivre la fondation de Fonds solidaire, et les nombreux salariés qui la feront vivre, afin de récolter et distribuer aux plus démunis, qui en feront une demande (bénéficiaires du RSA, personnes bénéficiant de ressources limitées, petites entreprises de proximité qui ont du mal à obtenir un prêt, etc.) Ce Fonds leur sera destiné en priorité, et leurs riches contributeurs bénéficieront d'un remerciement au Journal officiel.

## 48

## LA CROYANCE : QUEL DIEU ET QUELLE RELIGION ?

**J**e m'amuse de voir de nombreuses personnes croyantes en Afrique et en Amérique, et dans d'autres parties du monde vénérer Dieu ou Allah et l'invoquer dans chacune de leur action, et dans leurs prières, alors qu'ils sont habités par des méchancetés de pensées les plus tenaces à l'encontre de ceux qui pensent autrement et n'obéissent pas au fonctionnement classique des religions, bien qu'ils craignent Dieu, inconsciemment, en cultivant la pensée positive, la tolérance et l'amour du prochain.

Je vous le dis en vérité ; ceux-là, sans le savoir ne vénèrent pas le Dieu auquel ils prétendent faire allusion, dans leur prière, mais ils utilisent la Bible ou le Coran comme fondement de leur idéologie à travers des guides qui sont les suppôts de l'intolérance et de la pensée unique.

Un esprit mal intentionné arrive à ses fins, et a le pouvoir de matérialiser son action, par la puissance du subconscient des pensées négatives, comme c'est le cas en sorcellerie, qu'il entretient par des offrandes et sacrifices qui forgent son état de conscience.

Ils sont nombreux à être habités par des pensées négatives dans la maison de leur Dieu qu'ils vénèrent, qui ne sont pas le reflet de l'Amour suprême dont la nature bénéficie des bienfaits depuis la nuit des temps. Si Dieu est Amour, ceux qui croient en ses attributs, doivent comprendre que la violence nait de l'esprit des hommes qui ne sont pas habités par l'Amour. Faites le pari de leur opposer l'amour à la violence ! Vous verrez qu'ils vont s'incliner devant toute cette compassion face à ce qui a endurci leur cœur et leur esprit comme du béton. Je cite Gandhi et Martin Luther King, des esprits éclairés de notre ère qui ont compris le sens et les valeurs des lois naturelles du bien sur le mal, de l'amour sur la force pour faire plier ses ennemis les mains nus.

49

---

## APPORTER SA PIERRE A L'EDIFICE
## DE LA VERITE

Toutes ces grandes figures éclairées qui ont marqué l'histoire des hommes par leurs paroles et leurs actes sont des divinités rendues immortelles par les lois naturelles. La nature a accueilli, pour certains, leur sépulture ou leurs cendres dispersées dans la nature, et dont l'esprit demeure pour l'éternité dans le grand livre de vie. Parmi ces grands maîtres de la parole qui s'est faite chair, vient celui que je surnomme le maître incontesté par ses enseignements, décrits dans la Bible, qui sont encore dans l'esprit des hommes et des croyants qui vantent toujours ses vertus : Jésus-Christ. Celui dans l'esprit duquel, sans être croyant, je place mon esprit et ma philosophie pour apporter ma pierre à l'édifice de la vérité de ce monde, en espérant, à travers ce recueil de pensées, ouvrir la voie à tous ceux qui ont faim d'amour, de pardon, d'espoir, et de révélation d'une vie meilleure, et le besoin de trouver en cette vie des réponses à leur souffrance, pour arriver à faire face aux difficultés constantes de la vie qui nous freinent dans notre développement personnel.

On peut traverser des épreuves qui nous entraînent vers la débauche, la drogue, l'alcool… lorsqu'on n'a pas le courage d'affronter la réalité de notre conscience, mais force est d'en sortir et de sortir la tête de l'eau, comme un baptême et une renaissance - en programmant notre état de conscience au nom de la matrice, de la pensée positive et du subconscient.

Je vous assure par l'esprit de prescience qui guide ma pensée, que rien ne peut changer l'ordre du destin et de son karma. C'est pour cette raison que je me bats pour me sortir de cette condition, tout en espérant que cela augure d'un nouvel espoir pour le monde et toutes les personnes qui trouveront dans ce manuscrit les mots qui les apaisent.

# TOUT EST DECIDE AVANT NOTRE NAISSANCE

On peut toujours retarder, contourner le moment et revenir au point de départ pour se racheter, car tout est déjà écrit avant notre fusion à la matière pour participer à la construction.

Tout le monde a modestement sa place, dans l'œuvre commune du grand architecte de notre conscience. La Moralité consiste à vivre sa vie sans pour autant de se faire d'illusions sur son rôle et son impact sur son environnement. Ce qui dépend de nous est le ressenti que nous pouvons en avoir, la force de l'esprit que nous accordons à ce qui vient de l'extérieur, tout cela peut être la cause de notre souffrance, car le scénario ne nous appartient pas.

Nous sommes, peut-être, soumis à un jeu d'acteurs, mais nous avons la puissance de l'esprit d'improviser, de jouer notre propre rôle, mais ce rôle, nous confrontera au monde extérieur, qui le caractérisera comme marginal. Si cette marginalité prend le dessus sur le scénario, nous aurons la prétention d'avoir changé les choses, ne serait-ce par cette intention.

Il ne faut pas oublier que la force d'un esprit positif est d'apporter un changement pour le bien de tous. Même si ce bien n'est pas reconnu, nous ne devons rien attendre de ce monde extérieur - car les intérêts sont pour beaucoup dans ce scénario.

Ne nous leurrons pas face à la réalité ; tout est déjà écrit à l'avance que nous le voulions ou non.

# L'HOMME EST UNE MENACE POUR L'HOMME

La nature propre de l'esprit montre que l'homme est une menace pour l'homme. Il est donc sa propre menace et la cause de son anéantissement de la surface du globe.

A travers l'homme, il faut aussi voir des formes de pensées se combattre, à cause des animosités et du fait que leurs vibrations ne soient pas calées sur les mêmes ondes de pensées.

Chaque forme de pensée est convaincue que son action est la bonne ; quelques soient les moyens utilisés, même ceux qui sont non conformes aux exigences morales.

Selon Kant « la nature propre de l'esprit Humain est l'état de guerre, et l'état de paix est à instituer à travers une constitution morale. »

Cela paraît utopique. Mais Kant avait vu juste lorsqu'il décrit l'état d'esprit humain et ses antagonismes.

## L'INDIVIDUALISME : UN ESPRIT
## PERDU DANS SON IGNORANCE

L'individualisme est une idéologie de pensée qui fait valoir l'existence de droits individuels indépendants du pouvoir politique, que ce dernier a cependant pour fonction de garantir. Ainsi, nous estimons que les choix touchant notre vie privée ne regardent pas l'État, mais que ce dernier doit leur permettre d'exister.

Toutes ces avancées pour neutraliser les esprits antagonistes permettent, aujourd'hui, une convergence d'intérêts à travers, cette fois-ci, une course à la frénésie de la production et du gaspillage…

L'homme entreprend, aussi, une course à l'armement technologique terrestre et spatial pour se donner les moyens de contrer une attaque extérieure, et se défendre contre l'oppresseur. Tous ces moyens pour s'armer et préparer la guerre pour ne pas la faire, prouvent le caractère sauvage de l'homme au même titre que les animaux qui n'ont pas le même niveau de pensée et de conscience. Il n'empêche qu'à travers nos actions, nous prouvons, que nous ne sommes pas plus intelligents qu'eux.

Les animaux n'ont pas l'idée saugrenue de s'autodétruire, alors que nous, humains, nous engendrons la pauvreté, la misère, la sécheresse, la famine et maintenant le dérèglement du climat qui détruit les autres formes de vie sur terre. On prend des millions à des citoyens pour en faire des programmes spatiaux pour aller dans l'espace. Comme c'est ingénieux ! Ensuite, on dit avec orgueil ne pas pouvoir accueillir toute la misère du monde.

Il serait judicieux de se demander, qui favorise toute cette misère ? Qui tire les bénéfices pour se procurer des millions ? Qui décide de dépenser sur des lignes budgétaires des sommes colossales pour des aventures d'exploration spatiale ?

Incohérence quand tu nous tiens !

# LA PENSEE POSITIVE : UN BOUCLIER DE DEFENSE EFFICACE

J e suis offusqué et dubitatif de voir que le monde est dirigé depuis des siècles par des esprits immatures et prêts à ruiner des vies entières pour défendre, toujours, des intérêts privés.

L'industrie de la mort est encore plus juteuse et puissante que je ne l'imaginais, de croire que ceux qui ne veulent pas partager la richesse élaborent des plans pour s'installer sur la lune, en cas de catastrophe nucléaire, ou pour exploiter d'autres sources de richesses sur d'autres planètes comme s'ils avaient déjà prévu le désastre. Cela ne m'amuse pas de voir que les peuples minimisent tous ces investissements qui se font contre leurs intérêts.

Toutes ces actions demandent beaucoup de sacrifices des peuples et plus de moyens de leur Etat. Je veux me montrer optimiste, parce que je cultive la pensée positive, mais l'esprit de prescience qui est en moi, me fait savoir que la puissance des pensées négatives qui se créent dans « l'inconscient collectif », des peuples qui élisent des dirigeants avec des forces de pensées autoritaires, sectaires et nationalistes mène le monde vers un troisième conflit mondial.

J'espère qu'aucun de ces dirigeants fous de l'une de ces grandes puissances nucléaires, ne se méprenne et se prenne pour un cowboy, en appuyant le premier sur la gâchette pour faire joujou !

# 54

# FAUT-IL FAIRE CONFIANCE AUX SENS ?

Faut-il se fier à ce que je vois, je sens, je touche, je goûte j'entends ou je perçois ?

Le commun des mortels, indubitablement, se sert des cinq premiers sens, mais pour celui dont la pensée ne se limite pas aux cinq premiers sens, il penche pour ce qu'il perçoit, car il est habité par un esprit de discernement entre l'entendement et l'intuition.

La vie nous porte à faire des choix liés à ce que les sens nous font voir, entendre, etc. Finalement, on s'aperçoit avec le temps, de la dure réalité des limites de notre intelligence et de nos désirs.

Les entrepreneurs les plus avertis se sont orientés dans le business de la communication, en investissant dans les chaînes de télévision, radio, publicité, sondage de l'opinion etc…C'est dire tout l'intérêt que les organes de presse ont comme pouvoir d'influence auprès des hommes politiques pour se maintenir ou disparaître.

Ces groupes ont aussi tout le pouvoir de la communication publicitaire pour vendre des produits ou services d'aucune utilité, mais la suggestion domine l'inconscient et oriente les actions conscientes.

Le vrai pouvoir est médiatique et le restera pendant encore longtemps, à moins de réinventer une nouvelle forme de communication qui fera appel à la télépathie.

Je crois, aussi, que se sera encore et toujours les mêmes qui auront le monopole, car les premiers sont toujours les mieux servis. C'est le mérite des entreprises familiales qui ont servi l'Etat depuis des années et qui continuent de servir les partis pour se faire élire.

# LUTTER CONTRE LES ATTAQUES EXTERIEURES

Ils ont compris la force de l'aliénation et la faiblesse de l'esprit humain limité aux cinq sens.

Ils ont compris, à travers ce pouvoir, la faculté d'imposer au monde politique son diktat, et au monde économique une opportunité d'enrichissement.

Ils ont compris, à travers la manipulation de l'opinion, que l'on peut contourner la démocratie, en imposant au peuple, par auto-suggestion, les idées et les hommes, qui jouent le jeu et font leurs affaires jusqu'à se faire rejeter par ce même peuple, et ainsi de suite…

Cela se fait par le truchement des nouvelles technologies de l'information et de la communication.

Malheureusement, d'autres opportunités voient le jour pour contourner cette méthode, d'autres moyens se mettent en place, comme les fake news, en prenant toujours les peuples pour des imbéciles.

# LA PENSEE EST UN CORPS ASTRAL EN VOYAGE PERMANENT

Je suis convaincu que la pensée peut se déplacer toute seule sans le canal de la matière - c'est un phénomène courant dans des sorties de corps nommées « voyage astral » - contrairement à la matière qui a besoin de la pensée pour se déplacer.

Mourir c'est trépasser ; c'est-à-dire passer d'un état à un autre, du virtuel à l'état de fondement. C'est l'état qui nous ramène au tout, donc de notre nature du monde invisible associé à la pensée et au monde de l'infini.

Le monde de la pensée est opposé au monde segmenté du fini, qui nous limite dans la matière, et pour lequel nous pouvons expliquer le fonctionnement physiologique à travers les données scientifiques et la recherche.

La pensée est extérieure au fonctionnement physiologique que nous pouvons décrire à travers le fonctionnement du cerveau.

# LE CORPS : UN HÔTEL AMBULANT

La pensée est extérieure au fonctionnement du corps. Elle nous permet d'avoir ce détachement grâce auquel nous accomplissons toutes ses ingéniosités propres au progrès de la science et de l'évolution de notre environnement.

Le fait d'inventer les ordinateurs performants avec des processeurs qui permettent des calculs astronomiques, ne fait pas de la machine un outil à penser, car même les processeurs peuvent avoir des limites, faisant partie de la matière, donc périssables.

Lorsque la pensée se détache du corps et retourne à sa matrice, la mort du corps physique intervient et c'est la fin de son animation virtuelle.

Le corps est un hôtel ambulant parce que les esprits y rentrent et sortent à tout moment avec un passe du propriétaire des lieux. C'est la raison pour laquelle nous changeons chaque jour, d'humeurs et de dispositions en fonction de l'esprit qui se manifeste dans notre subconscient. Ce qui fait de l'homme un être inconstant et indigne de confiance pour ceux qui n'ont pas de principes.

Les principes et la parole donnée n'ont plus de sens dans ce monde actuel ou le matin, on signe, et le soir on révoque sa signature si l'on n'a pas été bien accueillis par les membres signataires.

Bientôt, la confiance sera classée au patrimoine des ressources rares dans notre civilisation en déclin, où l'information et les médias ne tiennent plus leur rôle.

Toute l'information n'est pas bonne à diffuser. Seule l'information qui éduque, renseigne, informe les citoyens, le protège et apporte une distraction saine peut garantir l'équilibre d'un Etat.

A travers l'information libre, certains états mafieux peuvent en déstabiliser d'autres, en leur faisant voir les limites de la liberté de presse.

# PENSEE POSITIVE ET PENSEE NEGATIVE : UN COMBAT A MORT

Le combat qui a lieu entre nos pensées positives et nos pensées négatives prouve que le corps charnel - pour lequel nous devrions rester en harmonie - doit nous permettre de vivre avec nos ambitions et nos émotions - sans nous laisser imprégner par la pensée négative, malgré les difficultés de la vie.

Nous devons rester avec la pensée positive et relativiser sur tout ce qui nous préoccupe pour que les sens qui nous permettent de sentir, voir, toucher, etc. soient toujours en veille, car notre vie sur terre est matérialisée par notre corps qui n'est que sensations. Ces sensations se matérialisent en actions, puis en habitude, qui, avec le temps transforme le corps en une matière organique intelligente.

Notre développement humain trouve son origine dans ce long processus depuis cette fusion entre l'esprit et le corps, pour laquelle la matrice - de qui tout vient et vers qui tout va - est l'unique réalité du fondement de la pensée qui nous anime.

Les guerres des pensées servent uniquement à faire valoir des pensées sur d'autres. Nous savons pertinemment que la pensée négative agit dans ce monde avec des moyens de destruction puissante, et soumet, par son diktat, ceux qui pensent différemment. Ceux qui font ça éprouvent de la méfiance pour ne pas se faire gagner par la pensée positive faite d'amour et de compassion pour son prochain.

Cela peut être considéré comme une faiblesse alors que l'arme la plus efficace demeure celle qui ramène l'autre à la raison sans utiliser une arme de destruction de vie.

Je redoute qu'un jour, n'intervienne le combat mortel qui anéantira toutes pensées négatives dans un univers, autre que terrestre, pour créer un bing bang dans l'univers afin de garder les ondes positives en activité.

# CONSCIENCE ET INCONSCIENCE, UNE ENTITE BICEPHALE

Voici ainsi, brièvement, décrit ma théorie sur le mystère de la vie, de la conscience et du monde parallèle sous-jacent de l'inconscient dans le fonctionnement du cerveau humain.

Nous pouvons toujours chercher l'origine, sans réussir à la démontrer vraiment, car il est difficile d'expliquer l'inexplicable à cause de moyens techniques encore limités.

Tant que nous sommes dans la matière, nos pensées sont limitées au monde visible et parfois invisible – celui lié aux expériences mystiques de certains cercles d'illuminés en contacts avec des pensées de lumières désincarnées ; qui ne retournerons jamais à la matrice, et qui resteront attachées à la matière.

La question est de savoir si la conscience ou l'inconscience sont deux parties formant un tout, ou deux parties distinctes de l'esprit.

De mon point de vue, la frontière entre ces deux entités n'a jamais existé que dans les esprits de ceux qui arrivent à une thèse convaincante, qui trouvera toujours satisfaction pour un esprit qui a faim et soif de conscience.

## LA MORT EST LE DEBUT DU COMMENCEMENT

Au moment de la scission entre le corps et l'esprit, les pensées se dirigeront vers le tunnel du jour éternel, accompagnées de l'amour et de la plénitude qui nous porte vers l'infini dans toute sa splendeur. Nous serons débarrassés de la lourdeur de ce manteau qui nous enveloppe depuis notre incarnation dans la matière et nous limite aux sens.

Cette relation fusionnelle entre la pensée et la matière mérite d'être vécue pour se rendre perfectible à travers les expériences d'amour, de partage, de solidarité et d'élévation auprès de la matrice ; notre bienfaiteur ; l'être absolu auquel nous appartenons tous.

Pour ceux qui prennent le temps de lire ma pensée, je leur souhaite de rentrer dans une autre dimension, car cette vérité que j'expose permet de percer l'énigme de la vie et la compréhension de notre dualité.

La mort ne doit pas être vécue comme une fatalité, même si ce changement d'état génère des peurs. Au contraire, elle nous libère du corps charnel qui enveloppe notre moi intérieur, qui est le spirituel.

La mort peut, aussi, être considérée comme un état de conscience qui nous libère de ce fardeau du corps ; qui nous empêche de pouvoir observer toutes les splendeurs et connaître le repos face à ce monde qui peut ressembler à l'enfer ; un monde de souffrance, de méchanceté, de sentiments négatifs et individuels qui causent des atrocités et conduisent à la maladie qui ronge ce corps.

# MA PREMONITION POUR LA VICTOIRE DE LA FRANCE AU MONDIAL DE FOOTBALL 2018

Cette réflexion est intervenue bien avant que la France remporte la coupe du monde, et bien avant la rédaction de ce recueil.

Voici ce que je pensais :

Je pense que certains consultants, qui sont en réalité en guerre entre Agents FIFA, commis aux intérêts de leurs mandants, ne doivent plus utiliser les plateaux télé pour déployer leurs services de critiques et d'éloges.

Cette génération de l'équipe de France va remporter sa première Coupe du monde et va en gagner d'autres, car le temps de la France est arrivé contrairement à celui de l'Espagne et l'Allemagne qui s'est éteint.

Dans l'analyse technique, cela fait partie de l'évolution graphique des performances. Donc, cette équipe, si elle a de l'âme, a son destin entre ses mains.

## LA VICTOIRE A PLUSIEURS PAPAS ALORS QUE LA DEFAITE EST ORPHELINE

La victoire attire toujours des personnes, comme la réussite qui draine de nombreux amis. Un esprit fort et averti, doit rester convaincu que tout est éphémère et que le temps présent n'est pas celui de demain. Les mêmes qui vous encensent aujourd'hui sont les mêmes qui vous jetteront la pierre et vous traiteront de vaurien. La vie est ainsi faite et pour des esprits faibles, la notoriété peut avoir des conséquences désastreuses.

Il ne faut pas s'attacher aux honneurs, mais rester convaincu que son action est un don de la nature divine pour apporter de la joie et du bonheur aux autres avant d'en retirer un bénéfice.

La nature de l'homme est si petite que sa mémoire ne résiste pas à l'épreuve de la lumière. Ainsi, il s'oublie un moment devant cette notoriété et plane dans une sphère dont il pense maîtriser les tenants et les aboutissants. Il se rendra bien vite compte qu'il n'est plus le même, et n'a d'autres choix que de se maintenir à son nouveau rôle ou disparaître de l'écran.

Tout homme qui se grise de sa stature, n'est que le produit d'une industrie qui le consumera et l'utilisera à sa guise, en l'emmenant au sommet de la montagne et lui faisant voir toutes ces merveilles en lui proposant de tout lui céder, à condition de drainer un maximum de personnes à sa cause. Une cause pour vanter les mérites de son nouveau Dieu. Celui pour qui, il devra tout en sacrifice, y compris ses proches pour garder la notoriété et la richesse. S'il refuse, il subira l'épreuve de l'enfant orphelin après avoir sacrifié tous ses proches pour finir misérable et détesté de tous.

Le choix d'un esprit fort est d'éloigner cette tentation avec courage pour ne pas honorer cet esprit malin et lui ordonner de sortir de sa pensée, car la notoriété ne dépend pas de lui. Cependant, de l'homme sage dépend son action à faire du bien et du plaisir aux autres.

---

# L'EXPLOITATION DU SOUS-SOL TERRESTRE : DE QUEL DROIT BENEFICIE L'HOMME ?

L'homme a cette fâcheuse tendance à s'approprier tout pour paraître le plus puissant ; en prenant tout pour lui ; être seul à partager selon sa convenance.

En réalité, nous vivons dans un monde que nous n'avons pas créé, dans lequel rien ne nous appartient, ni même la planète terre pour laquelle, par convention, nous avons établi des frontières.

Nous n'avons pas créé la terre avec toutes ses richesses !

Alors, gardons-nous de l'exploiter, pour nos propres intérêts, au mépris de ses règles naturelles qui lui permettent de maintenir son équilibre !

Le droit de propriété trouve son ambiguïté dans l'esprit des hommes, car l'exploitation des ressources naturelles doit nous interpeller sur notre droit à les exploiter.

Nous vivons dans une nature bien équilibrée avec ses lois naturelles que nos actions modifient. J'ai bien peur que le courroux de son concepteur, nous traduise devant le tribunal naturel et nous condamne à un châtiment terrible si ce n'est déjà le cas, à travers les conséquences liées au dérèglement du climat.

136

## TOUT EST VANITE DANS NOTRE MONDE FURTIF

Le vrai danger pour la nature est la facticité. On vit dans un monde factice où la vanité prend le dessus sur la réalité. Nous nous attachons à la poussière et au vent.

Nous sommes enchaînés à l'existence matérielle comme des chiens aveugles guidés par le voyeurisme et le sophisme. Notre faiblesse n'a d'égale que la méchanceté ankylosée par des années de pensée rétrograde, dont les conséquences probantes nous conduisent à tous ces maux que nous vivons, qui font l'actualité et le bonheur des médias qui en rajoutent chaque jour.

En parallèle, les paillettes liées aux rêves dont les médias nous vendent avec les jeux, animations et production d'idoles par la puissance de l'argent, n'ont pas fini de traduire toute la vanité d'une vision de la vie qui s'attarde sur l'image. Mais les images ne sont pas éternelles.

## RIEN N'EST DESTINE A DEMEURER ETERNEL DANS LA MATIERE

La mort est une réalité qui doit nous rappeler que nous n'emportons rien lors de notre départ sur terre, et qu'il est injuste de capitaliser le fruit de biens pour en faire don à ses enfants.

En vérité, ce n'est pas rendre service à ses enfants, même pour ceux à qui on lègue tous ses avantages, car ils ne trouvent pas de motivation à créer leurs propres identités et leur mérite personnel.

Notre attitude naturelle de protéger notre environnement familial et le mettre à l'abri est légitime. Créer de la richesse est un mérite. S'approprier et immobiliser le profit né de ce capital, de cette richesse à son propre compte, ne devrait pas exister. Destiner ces richesses dans un coffre-fort aux générations à venir, ne devrait pas pouvoir se penser, car des millions de personnes vivent dans des situations difficiles et sont spoliées et exploitées chaque jour par le profit né de ce capital argent.

L'intelligence recommande de remettre le capital argent en jeu et

de voir d'autres esprits ingénieux bénéficier de ces ressources
pour entretenir le rêve.

## POESIE DU MARCHEUR

L a terre est dure...

Il pleut de l'eau !!!

Marche à côté CAGRICAAAAAAR !!!!!!!!!!!

L'essentiel est de ne pas mourir !!!!!!! Car une fois que tu es mort, on ne parlera plus jamais de toi, plus jamais CAGRI-CAAAAAAR !!!!!! Il n'y a pas, pas de pétards Mr Hall de Byzance !

Et il n y'aura jamais pas, pas, pas de pétard !!!!!!!! Car l'essentiel se résume à ne pas trop marcher.

Pour éviter d'user tes chaussures en crocodile sur les terrains tortueux de la boue ! boueux !! et boueuse !!!!! comme le noir désir qui te possède dans la lueur blanche de ton enveloppe et de la noirceur de ton esprit, comme après la pluie vient le beau temps.

Si tu arrives à marcher, cette fois-ci, à côté, tu auras comme

surnom « le petit sorcier » et pour toi, il n'y aura plus d'espoir
CAGRICAAAAAAR !!!!!!

## LA PROSTITUTION EST UN ABANDON
## DE SA DIGNITE

Le propre de l'homme est de vouloir gagner sur tous les plans, par la tromperie. La vérité vient toujours au dernier moment, comme un intrus, et pourtant, elle est présente chaque jour dans notre vie. Notre hypocrisie ne veut pas la regarder, et lui tourne le dos, car elle est muette et son œuvre s'affirme avec le temps.

La prostitution de l'esprit est pire que tous les châtiments inimaginables. Le principe de la vie et des lois naturelles qui nous entourent est simple.

Si tu veux être une bonne personne, sache t'entourer des bonnes personnes, sinon tu n'auras aucun mérite à les juger de l'intérieur, et tu resteras comptable des actes de ton environnement, si tu n'es pas exempt de tout reproche.

Cette pensée est pleine d'enseignement pour toutes celles et ceux qui sont prêts à abandonner leur dignité pour réussir et connaître la gloire et la notoriété sans avoir réellement les aptitudes, uniquement en vendant leur corps et se prostituer au plus offrant qui serait prêt à leur apporter la notoriété dans un lit doré d'une suite d'un grand hôtel.

On assiste, dans le milieu du cinéma, à toutes ces affaires inimaginables qui posent beaucoup de questions sur beaucoup de vedettes du grand écran. A croire que c'est le mérite de couchetocratie pour après, aller dans la surenchère de la dénonciation quelques années plus tard. Tout cela est indigne des faits inédits qui font des pages entières de l'actualité.

Dès fois, je me demande si mon rêve pour lequel je me pince le corps pour voir si tout est réel, ne me joue pas un mauvais tour une fois de plus. Je me pose la question de savoir si les médias sont différents, pour trouver sur toutes les chaînes la même information. A croire qu'un pacte les lie même pour relayer des rumeurs les plus démentes sur « le président Macron a lâché un pet dans sa chambre devant Brigitte » pour en faire les grands titres éditoriaux avec les colporteurs des nouvelles. Folie !!!

# LA RECONNAISSANCE EST UNE BENEDICTION

La reconnaissance est le début de la réussite. Le miracle n'existe pas. La réussite est le prix de la préparation et la réunion de divers éléments qui conduisent l'esprit à la matérialisation de son objectif. La réussite vient de l'état de conscience le plus haut possible.

C'est triste à dire, mais la bêtise est le propre de l'homme, et l'intelligence est caractérisée par la libido. Cette évidence ne nous différencie en rien de l'animal. Le plaisir est l'une de ses ramifications, comme le jeu, la perversion sexuelle et la gourmandise. Cela participe du besoin de domination qui le caractérise et de sa recherche à baiser son prochain, pour en tirer une satisfaction personnelle de puissance.

L'homme est un animal perverti par ses sens. Il est guidé par un flair de malice vis-à-vis de son prochain, toujours à l'affût, prêt à violer et à jouir d'autrui à sa guise, comme son esclave ou son objet sexuel.

Soumettre son prochain et conforter sa suprématie, avoir un

orgueil démesuré de sa personne et son statut, rend l'homme encore plus pervers lorsque l'on a tendance à le relever au rang de Dieu jouissant d'une notoriété planétaire ou internationale.

## LA LIBIDO EST LE GUIDE DE NOTRE INTELLIGENCE

Toutes les ramifications de la libido se retrouvent dans la vie professionnelle à travers nos actions. La libido est à la base de tous les besoins qui nous guident dans la satisfaction de nos désirs ou de notre orientation professionnelle, de l'attirance que nous avons pour une personne plutôt que pour une autre. Il ne se commande pas à partir du cerveau, mais dans les parties intimes destinées aux rapports sexuels.

La libido est le centre de nos actions, de nos décisions et de nos objectifs. Il est la résultante matérielle de l'égoïsme, de l'individualisme à se satisfaire, de la jalousie et de tous les maux qui conduisent à considérer que son intention est légitime.

C'est incroyable cette révélation que je viens d'avoir sur la libido ! J'espère qu'elle me permettra d'obtenir un prix Nobel. Je laisse le soin aux lecteurs et critiques de m'en attribuer la palme !...

Peut-être, toujours endormi dans mon rêve, si je fais appel à mon imaginaire, je peux me voir décerner la palme de la libido en or.

En analysant en profondeur cette réflexion, je constate que les hommes agissent toujours par un intérêt personnel qui oriente sa pensée et le pousse à agir. Si les choses sont ainsi faites, c'est certainement parce qu'il en tire une satisfaction. C'est ainsi que je peux conclure que la satisfaction est guidée par un plaisir des sens.

Si l'on rajoute que l'ensemble des parties qui influent sur la dopamine tire leurs confluences de la libido qui remonte au cerveau, qui ne commande rien, car il exécute les flux qui agissent sur ses parties sensibles, j'en conclus qu'il tire sa source de la libido.

# LA LIBIDO : LA PLUS GROSSE SOURCE DE FIERTE

Si la libido guide l'intelligence pour des satisfactions personnelles, alors, imaginons l'action de milliard de libidos qui se sentent portées par leurs propres aspirations personnelles. On arrive là, à l'exploitation de l'homme par l'homme, à la course à l'enrichissement, à l'instauration de frontières, à la propriété, à l'égocentrisme et à la sacralité de sa personne, comme étant la libido la plus grosse.

Ainsi, vient ce sentiment de confiance par rapport aux autres pour lesquels les petites libidos ne constituent pas un danger, mais qui peut être à une caractéristique de l'esprit pervers de la nature humaine et de son masochisme à vouloir dompter la nature à sa guise, sans se douter de la souffrance qu'il inflige à l'environnement, par le seul fait de satisfaire ses désirs et son aspiration à exploiter les matières premières sans retenu pour enrichir son capital et l'exhiber comme un trophée.

Nous le voyons avec Apple lors du lancement des derniers modèles de l'iPhone. Apple tirait une fierté énorme avec le sourire jouissif du leader en avance sur les concurrents.

Nous sommes-nous posé la question de connaître l'impact de l'exploitation des minerais et produits exploités par quantité d'iPhone produits, avec ces composants de plus en plus minuscules et rares ?

Cette situation doit pouvoir nous interpeller plutôt que nous faire sourire de l'excès jouissif de l'homme qui continue à abuser de la nature et de ses ressources qui ne sont pas illimitées.

Il faut trouver d'autres moyens d'assouvir ce fantasme du progrès avec des dérivés synthétiques.

# LA LIBIDO BIEN UTILISEE EST UNE SOURCE DE PLAISIR

Pour résumer ; la libido conditionne l'entendement humain, à l'origine de son intuition, et la naissance de l'idée de son action et le sens de sa vie.

Que l'intelligence et les actes soient portés par la libido, n'empêche pas de créer les conditions pour la satisfaction des autres libidos, même modestes. Quelle que soit sa taille ou sa forme, l'intérêt de donner aux autres un peu de flux reste positif, mais il peut être dangereux lorsque la motivation n'a pas de limite et qu'elle devient irrationnelle au point de causer des préjudices à la nature, à son environnement et à l'homme aussi.

Les conséquences d'une libido déréglée sont terribles ; il faut beaucoup détruire pour produire afin de faire face à la concurrence en engageant beaucoup de moyens.

Mais ce qui m'inquiète à travers cette perversité liée au plaisir de posséder, ce sont les conséquences de son action dans les pays très pauvres qui subissent le dérèglement climatique lié à l'action de ces gros industriels.

Nous ne pouvons ignorer toutes ces guerres que subissent les pays d'Afrique subsahariens qu'on sait que la plupart sont motivées par des intérêts privés d'entreprises européennes, chinoises, russes et américaines qui se battent sur ces terres, pour des contrats juteux en exclusivité, qu'ils obtiennent en finançant les partis en guerre, par l'achat d'armes et l'envoi des mercenaires.

Toutes ces guerres n'en finissent pas et occasionnent des milliers de morts et de nombreux déplacés de guerre.

Personne n'est prêt à limiter l'immigration des populations vers l'Europe ou l'Amérique. Alors, on fait intervenir l'ONU comme pompier pour s'interposer et limiter la casse.

Triste réalité de pays qui rechignent, ensuite, à accueillir après avoir semé le chaos, la désolation et la mort pour des intérêts privés. Ensuite on ferme les frontières aux envahisseurs.

# 72

# LA CENTRALE DES LIBIDOS : UNE PUISSANCE ATOMISANTE

Si nous formons, à travers l'ensemble des êtres humains, une chaîne solidaire portée par la libido des uns et des autres, nous pourrions former la plus grande centrale de libidos, et constituer un circuit harmonieux et énergétique, qui pourrait nous conduire vers l'amour suprême. Si cette assertion peut être considérée comme un délire, il n'en demeure pas moins qu'elle pose la question de l'amour et du désir.

Il me semble que ces deux valeurs se confondent de nos jours ; l'amour tire son sens - comme nous le verrons dans le prochain chapitre - de la création, de la perfection et de la bonté - tandis que le désir est le propre de la matière, animé par sa libido comme énoncé dans les précédents chapitres. Le désir est l'amour bestial pour lequel, il nous arrive de considérer autrui et de lui déclarer cette flamme sous la forme d'un désir amoureux. Le véritable amour, quant à lui, n'est pas animé par les sens, ni la bestialité, il est dénué de tout rapport charnel. Il est conditionné par l'esprit et l'âme comme étant la valeur suprême, qui nous exalte et nous transporte vers le plaisir suprême. Cette sensation de bien-être porte l'esprit et l'âme vers l'inexplicable pour rentrer en osmose avec son environnement et ne faire qu'un.

La manifestation irrationnelle de l'amour se matérialise aussi par l'écoute, le sourire, l'intérêt pour son prochain et le secours que l'on porte aux autres.

# 73

## L'AMOUR

L'amour est la base de toute création. Si l'homme conscient de cette force se pose encore la question de savoir si Dieu existe, le seul fait de son existence sur terre doit l'amener à réfuter cette interrogation.

Dieu existe parce qu'il est Amour.

Toute la création à travers la perfection et l'agencement mis au point pour favoriser le bon déroulement des saisons et des cycles, est ingénieuse. Pour cette raison, nous nous posons toutes sortes de questions, et créons des laboratoires de recherche.

L'amour, à travers l'environnement naturel et les lois établies, révèle sa présence pour celui qui le cherche depuis des millénaires.

Cette lecture peut amener celui qui doute à reconsidérer son point de vue, car si certains hommes sont dépourvus d'amour et habités par des pensées négatives, ne font-ils pas partie, eux aussi, de l'environnement modelé par Dieu ? Cela justifie-t-il le fait qu'il n'intervienne pas pour faire cesser toutes ces horreurs et abominations par les entités qui animent sa création.

Il est donc évident que Dieu qui est Amour n'a pas réussi toute sa création à travers l'homme, car il n'a pas réussi, à travers son ingéniosité, à rendre l'homme bon comme lui, mais meilleur et intelligent pour ne plus faire la différence entre le bien et le mal.

Voilà le dilemme auquel il est confronté et dont il ne peut mettre fin, car cela supposerait de détruire une partie de sa création. Il n'a pas cette volonté, car il est animé par le bien. Il connaît l'avenir et la mission que les esprits qui se sont faits chair pour ramener leurs frères vers la raison et remplir leur cœur d'amour à travers leurs sacrifices. Ceux qui n'éprouvent pas de remords et continuent à le défier, en minimisant sa bonté, seront irradiés par son amour et sa sagesse, et nus devant leurs crimes. Ils seront ramenés à l'état inanimé, retrouvant ceux qui les ont précédés, pour orner l'environnement à travers la faune et la flore, en fonction de leurs crimes. Ainsi, l'amour renaîtra.

## MA PRIERE ET MA PENSEE

Si je partage cette pensée, à travers l'inspiration de l'esprit qui m'anime, c'est pour ouvrir des brèches, pour éveiller les consciences sur les fondamentaux de la vie et la recherche des lois naturelles qui nous gouvernent. J'ai ainsi le sentiment d'avoir rempli ma mission, exaucé ma prière, et ma pensée du jour aura peut-être un sens pour le lecteur d'un monde en perdition.

Malgré tous les progrès faits par l'homme pour satisfaire ses envies et désirs, nous devons prendre conscience que nous ne maîtrisons plus notre destin ni celui de nos enfants, car les lois naturelles ne sont plus respectées.

J'espère que ce cri dans le désert trouve un écho favorable jusqu'au fond du Sahara pour se faire entendre dans le monde entier.

Nous avons les moyens de changer le monde en bien, et de recréer les principes et les bases d'un écosystème sain, de rétablir les valeurs humaines qui permettent à l'esprit de s'adapter à une vie simple. Le progrès, tôt ou tard, nous lassera de sa fadeur, comme un enfant né dans l'opulence est entouré de serviteurs et de joyaux se lasse de cette vie.

Nous devons nous séparer de tout ce fardeau qui pèse sur notre conscience inutilement, pour redevenir cet autre enfant, qui ressent la joie intérieure de vivre, entouré des amis et évoluant dans un environnement arboré en pleine flore.

Tout est relatif et éphémère. Profitons de notre bref passage sur terre pour être, comme des enfants insouciants et joyeux, et en harmonie avec notre environnement, pour permettre un éveil et une vision nouvelle pour chacun de nous dans le respect des règles établies par tous. Un monde où la famine est terminée, la pauvreté éradiquée, la maladie et les souffrances vaincues. Un havre de paix et d'amour fondé sur une organisation d'entreprise humaine horizontale. Un monde d'une polarité neutre entouré de vibrations positives.

J'espère que ce projet ne soit pas encore un rêve illusoire dans mon sommeil. Si cela venait à se produire, après tout cet enfer sous le soleil, la souffrance et la maladie, je serais heureux. C'est pour cela que je continue de rêver au bonheur.

CONCLUSION

Ce recueil est mon cri du désert de penseur libre que je veux partager avec les lecteurs, qui chaque jour se posent beaucoup de questions sur l'actualité, les évènements qui nous entourent et le sens de notre vie et de nos actions.

Il faudrait que nous arrivions à décoder le sens des lois naturelles de la vie, qui nous maintient en équilibre, et qui se trouvent affectées par l'action de l'homme guidé par sa libido et son plaisir.

Depuis mon enfance, je me suis toujours posé ces questions existentielles, pour lesquelles je trouve les réponses et explications de manière surprenante, sans savoir d'où me viennent ces connaissances et cette appréhension des lois universelles.

J'éprouve ce besoin naturel d'un esprit qui veut se libérer de toutes les connaissances que je livre dans *Ma pensée du jour.* Ainsi donc va le monde en ce jour ! QUE DIEU VOUS BENISSE !

# L'AUTEUR

De nature autodidacte par une formation intuitive de mon esprit, j'agis par instinct pour rassembler les mots et les phrases, sans pour autant avoir la maîtrise du poids des termes abordés sur le public.

Je laisse le lecteur apporter les commentaires et critiques nécessaires pour en faire une œuvre de l'esprit.

Je souhaite aider les personnes à se découvrir à travers ces écrits ; découvrir le monde dans lequel ils sont et qu'ils façonnent par leurs pensées et agissements.

Merci de m'avoir lu !

www.ingramcontent.com/pod-product-compliance
Lightning Source LLC
LaVergne TN
LVHW050604200726

843508LV00010B/1765

9 782956 835400